# 宮廷書庫長の御意見帳

硯 朱華

富士見L文庫

# 〔目次〕

# 《序》

螢架呈舜《けいかていしゅん》は困っていた。

こういう状況を俗に『絶体絶命の危機』と言うのかもしれない。

「おら、オッサン！」

「懐にある銭、全部置いてきな」

「えぇぇ〜……困るんだけどぉ〜……」

「あ？」

「そんないい形《なり》してんだ！　あんた、内朝のいい所の官吏なんだろうがよっ！」

敵意がないことを示すために両手を軽く上げた体勢のまま、呈舜は小さく溜《た》め息をついた。そんな小さな呼吸にも律儀に追従した長い黒髪がフワリと微《かす》かに揺れる。

——良《い》い形してるから金があるとも限らないと思うんだけどなぁ……

溜め息だけでは解消できない愚痴を零《こぼ》しながら自分自身に視線を落とし、呈舜はさらに溜め息を重ねた。

——というか、僕のどこが良い形してるわけ？　目、悪いんじゃない？

内朝勤務の平官吏を示す深緑色の袍《ほう》と黒い袴《はかま》。締められた帯は白地に銀糸が入っていて、確かに黒帯を締める平官吏より多少地位が高いように見えるかもしれない。そこから下げられた水晶の佩玉《はいぎょく》はいわば中間管理職級の官吏の目印だから、それだけ見れば確かに『良い形』とも言えると思う。

だが散髪が面倒臭くて伸ばしっぱなしにされた黒髪は頭頂で一つに結わえて根元を団子に纏《まと》めて垂らしても毛先が腰近くまであるし、新調時期を逃してヨレヨレな上によく見れば墨跳ねやら何やらで汚れている袍は明らかに『良い形』とは言えないと思うのだが。ひょろりと縦に長い割に横幅が狭い体軀《たいく》と相まって、『いい所の官吏』と言うよりは『間違って宮城に迷い込んでしまった世捨て人』と言った方がふさわしいのではないかと呈舜は思う。

——あー、もう……。『彼』に見つかるよりも前に、何とか書庫室まで帰り着かないといけないっていうのに……

「あぁ？　何溜め息なんかついてんだゴラァッ！」

「俺らのこと舐《な》めてんじゃねぇだろうな？」

「いっ、いやいやいや！　何言っちゃってんのっ？　僕、見ての通りこんなにか弱いオジサンなんだよ？　いかにも喧嘩《けんか》慣れしてそうな君達を舐めるような真似、できるはずがないだろっ？」

凄《すご》む男二人組に必死に首を振ってみせながら、呈舜はさりげなく周囲に視線を走らせる。目の前にはここが宮城の中であることを一瞬疑うような風体の破落戸《ごろつき》が二人。チラリと見える背景は人通りが全くない細路地。背中には崩れかけた築地塀《ついじべい》の感触。

──あれ？　これ、……割と本気で絶体絶命な状況なんじゃ……

呈舜は引きつる口元を必死に抑え込むと何とか愛想笑いを浮かべてみせた。その間に全力で頭を回転させるが、何も良策が浮かんでこないことが悲しい。

──まずかったかなぁ……。『御意見番』の仕事だから本職をサボれると思って……おまけに末榻君《みとう》がまだ出仕してないから監視の目もないと思ったからって、意気揚々と下穢《げわい》宮《きゅう》まで一人で出かけたのは……

「素直に出さねえってんなら、俺らがやさしーくあんたの懐、探してやってもいーんだぜえ？」

「あんた、歳喰《としく》ってそうな割に綺麗《きれい》な顔してんもんなぁ？　……愉《たの》しませてくれてもいぃんだぜ？」

──げ。こいつらまさか、そっち方面の気もあるのっ？

　ますます呈舜は顔を引きつらせて周囲に視線を走らせる。だが見回した所で周囲の景色が先程と変わるはずもない。呈舜の焦りが伝わったのか、男達が厭《いや》らしく笑みを深める。

「おい」

　そんな中、唐突に救いの手は差し伸べられた。

　周囲の景色は一切変わらない。だが頭上から不機嫌な声が降ってくる。

　紐《ひも》で一つに括《くく》られた、分厚い紙の束とともに。

「仕事の納期は今日までだってのに、あんたはこんな所でなぁに油売ってやがんだっ！」

　頭頂部に走ったゴッッという鈍い衝撃に呈舜の足がふらつく。紙束は次々と、なぜか呈舜の頭だけを狙って落ちてきた。三つ目までは耐えられたが、四つ目が降ってきた所で呈舜はその場にくずおれる。攻撃主はそんな呈舜をきちんと観察していたのか、五つ目が放り込まれた所で紙束の雨がやんだ。

「な、なんだっ？」

　事態に置いていかれた男達が、そこでようやく声を上げる。まるでその声に応《こた》えるかのように、攻撃主は呈舜が背にしていた築地塀から飛び降りた。スタンッと小気味いい着地音が呈舜の耳を叩《たた》く。

「っっっ……！　未榻君……！」

現れたのは、凛々《りり》しい顔立ちをした青年だった。呈舜と同じ内朝に詰める官吏であることを示す深緑の袍に一番官位が低いことを示す無佩玉の黒帯を締めた青年は、この国では珍しい赤銅色の瞳《ひとみ》を不機嫌にすがめ、男達を完全に無視して呈舜を冷たく見下ろしている。適当に短く切られた、これまた珍しい赤銅色の髪がサラリと首の動きに合わせて耳を滑り落ちた。

「おい、さっさと立てやコラ。とっとと書庫室戻って仕事片すぞクソ上司」

「未榻君、その発言、いつにも増して上司に向けるものじゃない……っ！」

「俺がまだ出仕してなかったからって、嬉々《きき》として油売りに行ったあんたが悪い」

紙束の角が頭に直撃した痛みと衝撃にうずくまっている呈舜から彼の表情は見えない。見えない、のだが分かる。今の彼の瞳を見てはいけない。見た瞬間、見る者全ての背筋を凍らせる怒りの視線にさらされることが分かり切っているからだ。

そんな微かな抵抗の意味も込めてうずくまり続ける呈舜の襟首を、唐突に登場した部下は容赦なくむんずと捕まえる。あ、と思った時には引きずられるようにズルズルと連行されていた。彼の方が呈舜より頭一個分近く背が低いはずなのに、彼は幼子を回収するかのように実にあっさりと片腕で呈舜を引きずっているらしい。

「グェッ！　未榻君っ！　首！　首絞まって苦しい……っ！」

「あぁ？　るっせぇよ。この程度でどうもこうもねぇだろ」

「いや、だから、首、絞まってる……っ」

「……っておい！　ちょっと待てよっ！」

男達の声に、ピタリと青年の動きが止まる。彼が振り返った瞬間『あぁん？』という呟《つぶや》きが唇から零《こぼ》れたのを、呈舜ははっきりと聞いてしまった。これではどちらが破落戸なのか分かりゃしない。

「ヒッ……！　お、俺達は、そいつに用があったんだよっ！　勝手に連れていくんじゃねぇっ！」

「てっ、テメェがそいつの代わりに迷惑料払ってくれんのかよっ？　おぉっ？」

青年の凄みは直接聞こえなかったのだろうが、迫力は伝わったのだろう。首だけで振り返った青年に本物の破落戸達が一瞬怯《ひる》む。だが彼らはこのままでは引くに引けないと思っているのか、若干及び腰になりながらも果敢に青年に喰ってかかった。

襟を摑《つか》まれて引きずられたことにより首を絞められていた呈舜は、苦しみに悶《もだ》えながらも彼らを憐《あわ》れみの視線で見上げる。声が出せる状態だったら『あーあー……』という呆《あき》れの声が出ていただろう。

――やめときゃいいのに。

「……うちの上司が、あんたらに何か迷惑かけたのか？」

「何度も言わせせんじゃねえっ！　懐の有り金、全部置いてきなっ！」

「俺達の許可なく縄張《シマ》りに踏み込んどいて、無事に帰れると思ってんじゃねぇぞっ！」

「……あぁ、そういう輩《やから》か」

男達の口上に律儀に耳を傾けていた青年は、面倒臭そうに体ごと振り返ると呈舜を捕獲した腕とは反対側の手に握っていた紙束を男達に向かってピッと突き付けた。たったそれだけの動きで破落戸二人の腰がさらに引ける。ちなみに一緒に呈舜までビクリと震えたのは、日々の躾《しつけ》……もとい、日々精神に叩き込まれた恐怖による条件反射だ。

——というか未榻君！　その紙束、もしかして収蔵待ちの礼部《れいぶ》議事録なんじゃ……っ！

そんな三人を前に、仕事書類を武器のごとく構えた青年は低く……それこそ『地の底から響くような』という形容がこの上なくしっくりくる声で、小さく呟いた。

「クッソめんどくせぇから、たったと片すか」

ひぇっと思わず呈舜が悲鳴を上げた瞬間、全ては片付いていた。

呈舜を放り出した青年が前方へ踏み込むと同時に構えた議事録を一閃《いっせん》、腕を振り抜いた円運動を利用してさらに一閃。それぞれが的確に男二人の顎《あご》を捉《とら》え、衝撃が相手の脳を揺らす。地面に放り出された呈舜が『グェッ』と蛙《かえる》が潰《つぶ》されたような悲鳴を上げた時には、男達は気絶した状態で細路地に転がされていた。

――あーあーあー……だからやめときゃ良かったのに。

紙束がぶつかった頭や地面に投げ出された時にぶつけた腰をさすりながら体を起こした呈舜は、ひっそりと破落戸二人に向かって両手を合わせる。

――天下の末榻甜珪《てんけい》に、そこら辺の破落戸が勝てるはずがないんだから。

彼の名前は末榻甜珪。職業は宮廷書庫室司書。呈舜の有能な部下にしてお目付け役。今年の春の除目で呈舜の部下になってから半年、その有能さで宮廷書庫室の存在意義を変えたとまで言わしめる男。とある来歴から、文武両道の、文字通り『戦う司書』である。

彼のことを知る人は、皆口を揃えてこう言う。

『どうしてこんな類稀《たぐいまれ》な才人が、書庫室司書などという仕事に甘んじているのか分からない』と。

――うん、僕もそう思う。どうしてこんなに優秀な子が僕の部下なんてやっているのかと。

……などと呑気《のんき》に思っていたら、倒れた男達の状態を確かめていた甜珪が静かに振り返った。殺意が乗った視線に思わずひぇっと声を上げる呈舜に向かってうっすらと笑みを向けた甜珪は、あの『地の底から響くような声』で言葉を叩き付けてくる。

「……さて。書庫長様に於《お》かれましては、こんなクッソめんどくせぇことに巻き込まれやがった理由の説明もキッチリして頂きやがりますからね。……覚悟しとけや、クソ上司」

「ひぇっ……」

物理的に絞められた以外にも息苦しさを感じるのは、先程連行されかけた時にどこかを変な風にぶつけてしまったせいなのだろうか。それとも単に精神的な打撃を感じたせいなのだろうか。

「そこに散らけた書類をとっとと回収しろ。全部あんたの決裁待ちの書類だ」

「……必要書類をあんなに乱雑に扱うの、良くないと思うんだけども」

「資料貸出許可証は最悪あんたが一から書き直せば事足りるし、礼部の爺《じじい》どもの戯言《たわごと》を綴《つづ》った議事録なんて最悪なくなっても困らんだろ」

「……あれ？　僕の頭に直撃した紙束って、もしかして全部僕が仕上げなきゃいけない仕事だったりする……？」

「つべこべ言わずに拾え、そしてとっとと帰るぞ」

「……はい」

どのみち死刑宣告であることに変わりのない言葉を部下から叩き付けられた呈舜は、引きつった笑みとともに大人しく首を縦に振るのだった。

# 《壱》 書聖南天 招きに応じて仙禍に遭う

史書に曰《いわ》く。

天より降《くだ》りし皇帝がこの地に玻麗《はれい》という国を開いて二千年。玖釉《くゆう》に都が置かれて千五百年。その間、皇帝が住まい、政《まつりごと》を執り行う宮城も、増築や修復の手を受け入れながらも国とともに歴史を歩んできた。

人間というのは、不精なようで几帳面《きちょうめん》だ。何事も文字に残し、書物に記し、後世に残そうとする。それは皇帝が国を統《す》べる正当性を印象付けるためであったり、純粋な好奇心のためであったり、後の世に己という存在を残したいという切実な思いのためであったり、理由は千差万別だ。

とにかく人は、文字を生み出した時から、それを記し、記録として残してきた。政という場はそういった記録を残した書物が日々生み出されては積まれていく場でもある。それにまつわる資料も、作り出されたり、あるいは取り寄せられたりして積まれていく。

「……つまり、政の場である内朝は、少し放置しただけでもすぐに書類や書物であふれる場。それを整理し、要不要を検《あらた》め、適切に保管し、一所《ひとところ》に収め、必要に応じて取り出し、必要な場所に回す。それが宮廷書庫室の役割であり、その任務にあたるのが宮廷書庫室司書の役目だ」

深い静寂が帳《とばり》を降ろす書庫の中に、低いのによく通る甜珪《てんけい》の声が朗々と響いていた。収められた紙類が音を吸収するためか、空間が広いためなのか、甜珪の厳しい声は後に残ることはなく緩やかに薄闇の中に吸い込まれていく。

「宮廷書庫室は、いわば玖釉で執り行われた政の記録千五百余年を詰め込んだ場所。……と言っても、時と共に姿を崩し失われていく記録も多いから、せいぜい残っていても五百年くらいのことなんだろうが」

『宮廷書庫室』などという御大層な名前が付けられているにもかかわらず、宮廷書庫室は今日も人の気配が薄かった。

薄暗いだだっ広い建物の中にひたすら書棚が置かれた空間は、時の流れに取り残されたかのような空気を湛《たた》えている。書棚に収められた書物や巻物、石簡や木簡達にとっては居心地が好《い》い空間かもしれないが、人の身でこの空気に浸されるのは苦痛だと感じる人間もいるのかもしれない。

「その膨大な記録を管理し、後世に正しく継承されるように維持していくのが宮廷書庫室の長、宮廷書庫室書庫長、つまりあんたの役目だ」

　そんな中、開け放された入口の大扉の近くに据えられた自分の卓に居心地悪く座した呈《てい》舜《しゅん》は、広々と広がる書庫室を背景に見ながら、甜珪のお小言に強制的に耳を傾けさせられていた。下穢宮《げわいきゅう》近くから山盛りの書類を腕に抱えさせられて甜珪に連行されたものだから、ほんのり全身が痛い。

『宮廷書庫室』

　このだだっ広く、人の気配が薄く、どこまでもどこまでも書で埋め尽くされた空間が、呈舜と甜珪の職場である。

「おまけにあんたは当代きっての能筆家……筆上手だ。どうせ書類を作らせるなら筆が達者な螢架《けいか》書庫長にという声は多い。その意見には俺も大いに賛成だ。目録自体もやがてはこの書庫室に収められるべき書物の一部になるんだから、美しくかつ読みやすい文字で書くに越したことはない」

　政が行われる内朝、その一角に納まる宮廷書庫室には、内朝内で綴られた政に関する公式書類やそれにまつわる資料から始まり、後宮の妃《きさき》達のために取り寄せられた市井で流通する稀書《きしょ》珍本まで、あらゆる『書』が集まってくる。その雑多な『書物』に目を通し、要不要を判断し、収蔵物を目録にまとめ、時に収蔵物そのものを作成し、適切に保存・管理するのが宮廷書庫室に詰める司書の務めであり、その司書達を纏《まと》めるのが宮廷書庫室書庫長と呼ばれる人間だ。

しかしこの書庫室司書の役目、『閑職の代名詞』と言われるほどに人気がない。

それもそうだろう。業務内容と言えば保管資料の作成と書類整理と蔵書の管理、傷んだ所蔵物の修復、依頼された資料の貸出などで、政を動かす場からは遠く離れている。内朝内の機密書類が集まってくる場所ではあるが、本当に秘中の秘とも言える書類は各部署に保管されるかその部署で内密に処分されるから、ここに流れてくる書類はある程度人に見られても問題がなくなった、いわば『お払い箱』の書類である。

そして『お払い箱』と判断されたくせに同時に『一応保管はしておいた方が良い』と判断された書類達でもあるからさらに面倒臭い。元の部署から保管方法について指示があればその指示に従って保管するのだが、特に指示がない場合は自分達で目を通して必要な箇所だけを抜き出し、保管用の書類を作成して草紙や巻物の形にして保存することになる。日がな一日己にとって興味のない書類に目を通し続け、それをひたすら書き付けるだけで仕事が終わっていくのだ。気を狂わせて辞めていった人間も過去には何人かいたという。

配置されている場所も気鬱《きうつ》に拍車をかけているらしい。宮廷書庫室があるのは内朝の中とはいえ議場のある紫雲殿《しうんでん》とは遠く離れたうらさびしい別棟で、おまけに膨大な蔵書を収めるために一棟を丸々占拠している。書庫室に用事がある人間しか訪れないような場所だから、出仕してから退勤するまで一日中書庫室の人間にしか会わないという日も多い。

そのせいか、昔から失脚した人間や使い物にならない人間が飛ばされてくる部署で、一度ここに配属になったら華やかな表舞台には二度と戻れないとまで言われてきたらしい。そんな場所に嬉々《きき》として飛ばされてくる人間もいなければ、志願して入省してくる人間もいなかった。

……呈舜を除いて、今年の春までは、という話なのだが。

「……あの。滔々《とうとう》と語ってるけどね、未榻《みとう》君。……つまり、結論は？」

「それほど才を請われ、仕事を与えられてんならとっとと片付けろ。いい大人が駄々こねてんじゃねぇ。納期は今日だ。何のために俺がこうやって修繕業務で時間を潰《つぶ》してると思ってんだ。あんたの仕事の上がり待ちだとっとと片せ」

その呈舜以外の『例外中の例外』に向かってソロリと言葉を向けた呈舜は、次の瞬間ズバッと返ってきた言葉に思わず両手で耳をふさいだ。だが右手に墨を含んだ筆を持ったままだということに気付き、すぐに右手だけは硯《すずり》の上に戻す。せっかく小言に耐えながら書き上げた資料貸出許可証をここで反故《ほご》紙にしてしまうわけにはいかない。

呈舜はもはや日常茶飯事と化してしまった部下の小言にひっそりと溜《た》め息を零《こぼ》しながら、

再び筆を紙の上に下ろした。

日差しから書物を守るため、書庫室は全体的に薄暗い。高い場所に設けられた換気用の横窓と、正面扉にあたる大扉、一定間隔で設けられた通用口があるだけで、普通の建物にあるような窓はほとんどない。司書が作業をするために卓が置かれた大扉の周辺の空間にだけ雅《みやび》やかな飾り窓が作りつけられていて、小部屋一つ分の空間だけが午後の光に満たされていた。

その光の中に置かれた卓についた呈舜は、先程からずっと『今日が納期だ』と積まれた資料貸出許可証にひたすらせっせと筆を走らせている。返却期限とともに貸出資料の名前が記された一覧の最後に書庫長として署名して印を押すだけの仕事なのだが、量があるだけにこの仕事が地味にきつい。これなら収蔵資料の目録を作成していた方が同じ漢字を繰り返して書かなくていい分まだ楽なような気がする。

「……ねぇ、未榻君。どうしてこんなに膨大な資料貸出許可証を僕一人で書き上げなきゃいけないんだろうか」

「あんたがサボってるせいだろうが」

「いや、だってここの所属になってる人間って、僕と未榻君以外にもいたはずじゃない？」

「いたのか？　俺がここに仕官するようになってから、あんた以外の人間に一度も会ったことがないんだが」

――そういえば僕も、半年前まではここで真面目に仕事をしている人間の姿を見た覚えがなかったよ……

自分で言っておいて何だが、そういえばこの空間で甜珪以外の司書が真面目に仕事に励んでいる姿を見た覚えがなかった。何人か籍だけはあるはずだが、日々の業務は甜珪と呈舜だけで回している。ここに飛ばされてきて数日で心を病んだ人間が数人、ひと月ほどでやる気を失って出仕拒否をした人間が数人、そもそも籍は移動してきたが一度も姿を見せたことがない人間が大多数といった所だったか。甜珪が有能すぎて仕事が問題なく回っているから完全にそのことを忘れていた。

「……今度、未榻君以外の人間は除籍処分にしてもらうように伝えておくよ」

「そうしてくれ。税の無駄遣いは良くないからな」

呈舜の言葉に応《こた》える間も、甜珪はテキパキと手を動かして傷んだ書物の修繕を行っていた。どうやら今は綴《と》じ糸が切れかけた草紙の修繕をしていたらしい。細身の小刀を使って古い綴じ糸を慎重に抜き取った甜珪は、丁寧に紙片を揃えると新しい綴じ糸が通された針を手に取る。どうやら返却資料を棚に戻す時に破損に気付いたようだ。さっきまで積み上げられていた返却資料の山が綺麗《きれい》になくなっている代わりに修繕待ちの書物の小山が甜珪の作業台の隣にできあがっている。

『呈舜の仕事が終わるまでの時間潰し』と言いつつも仕事に対して手抜きをするつもりは一切ないのか、修繕待ちの資料の中には草紙の他に巻物の姿まであった。草紙の修繕に比べると手間も時間もかかるせいでついつい後回しにしがちな巻物の修繕だが、甜珪は今の時間にそこまで着手するつもりでいるらしい。修繕道具が置かれた作業台の上には糊《のり》を作るためのすり鉢や水差し、紙に糊を塗るための刷毛《はけ》や竹べらなどが用意されている。

──一体僕の仕事に何刻《なんこく》かかる計算をしてるの、未榻君……

そんなことを思いながらも、呈舜は甜珪の勤勉さに感嘆の溜め息をついた。

書庫室司書が実質二人しかいないのに仕事が問題なく回っているのは、甜珪が資料作成以外の業務をほとんど請け負ってくれているからだ。

書庫室の主要業務である保管資料の作成は、能筆家かつ『書馬鹿』と言われるくらい書を書くことが好きな呈舜が担当し、書庫室で一番煩雑で手間がかかる資料の貸出や整頓《せいとん》を甜珪が担当する。ちなみに各部署への資料の配達や返却が滞っている部署への督促も甜珪が請け負ってくれている。収蔵品の修復作業は手が空いた時に二人ともがこなしているが、簡単で数が多いちょっとした修繕のほとんどは甜珪が手掛けていて、呈舜に回ってくるのは被害が深刻でより専門知識が必要な大掛かりな物が多い。より『書』の知識と技能が必要な仕事は呈舜が請け負い、それ以外は甜珪が全般的に請け負う。そんな風に業務の分担ができているから、司書の片割れが『仕事はすべからくサボりたい』という呈舜でも日々の業務が回っていくのである。

——まぁ、この膨大な書が収められた書庫のどこに何があるのか、完璧《かんぺき》に把握している末榻君だからこそできる分担ではあるんだけどねぇ……

　何となく司書としての基本を教えて後は適当に仕事をさせていたのだが、甜珪はその時間を有効に活用して片っ端から蔵書を読破したらしい。配属されてひと月ほど経った頃には書庫室のどこに何が保管されているのかを大体把握し、一人で資料の整理整頓ができるようになっていた。その頃から呈舜が嫌う作業ほど甜珪が率先して片付けるようになり、気付いた時にはこんな仕事分担ができあがっていた。こんな不平等な仕事配分をされたら呈舜だったら即刻出仕拒否をするだろうに、甜珪は特に文句を言うこともなく、日々淡々粛々と仕事を片付けている。……その頃から甜珪は呈舜に対して敬語を使ってくれなくなったから、もしかしたら内心では盛大に文句を言っているのかもしれないが。

——というか、末榻君の頭の中ってどうなってんの？　この量の書を、よく使う範囲だけとはいえひと月足らずで読破して、おまけにその内容をほとんど記憶してるってことでしょ？　僕でも無理なんですけど、そんなこと。

　そんな甜珪を、呈舜は純粋に尊敬している。部下であろうとも、自分にできないことができる人間は十分に尊敬に値する存在だ。

　……のだが。

「……どうして僕は、筆を握って紙の前にいるのに、仕事なんかしちゃってるんだろう？」

「筆を握って紙の前にいて文字を書いているんだから、実質趣味だろ」

「違う……！　僕が書きたいのは書画だし、見るならこの間新しく手に入れた名跡の拓本を眺めたいんだよ……！　資料貸出許可証を書いたり、ここ数年の家畜増産計画についてまとめた資料を眺めたりしたい訳じゃないんだよ……！」

「この間礼部《れいぶ》から回ってきた流行詩歌《しいか》集を眺めてた時は『癖はあるけど味わいのある字だ』とか言ってたし、戸部《こぶ》の俸給に関する資料を眺めてた時は『とても読みやすいけど、どこにその秘密があるんだろう』って言って散々研究してたじゃねぇか」

「そうだけども！　その学びを自分の書で実践する時間がなくて嫌だって言ってるの！」

　尊敬はしていても、それと仕事に対するやる気は別物だ。

　呈舜は思わずへにゃりと卓に突っ伏した。右手はきちんと硯の上に戻し、書類を避《よ》けてへたり込む気遣いだけは忘れない。

ちなみに宮城に仕官する一般官吏は夕暮れに差しかかると仕事を切り上げて帰宅するものなのだが、甜珪がここに仕官するようになってから呈舜はほとんど毎日、日が沈んでからもここで仕事をさせられている。この卓を包囲するかのように必要以上に用意されている燭台《しょくだい》は、そんな呈舜のために用意された物だ。火気水気厳禁である書庫室に燭台を持ち込むことに呈舜個人は反対なのだが、目の前に仁王立ちしている部下が強引に整備を進めてしまった。『燭台を持ち込まれるのが嫌だったら、日が暮れる前に仕事を終わらせられるように努力すりゃいいじゃねぇか』と言われた時は、正論過ぎてぐうの音も出なかったことを覚えている。

「……あのね、未榻君。駄目元で提案するんだけど……」

「却下」

「まだ何も言ってない……」

「『請求資料の配達まで僕がやっておくから、君は先に上がりなよ』っていう言葉にはもう二度と騙《だま》されんと俺は心に決めた」

——……君、ほんと、仕事熱心な上に有能だよね………

思わずすがるように視線を上げた瞬間、冷たいくせに苛烈《かれつ》に輝く赤銅色の瞳《ひとみ》とかち合って慌てて視線を下げた。最後の突破口もすげなく潰され逃げ道がないことをようやく理解した呈舜は、無駄口を叩《たた》くのをやめて今度こそ一心に資料貸出許可証を仕上げることに集中する。

——なんでこんなに優秀な子が自分から志願してこんな所に来たのか、さっぱり分からないんだけど……

とにかく仕事ができる甜珪は、上司の管理まで完璧だった。何せ今まで趣味に走りたい放題で仕事を放り出していた呈舜に『納期通りに仕事をさせる』という偉業を達成させているのがこの未榻甜珪という男だ。おかげで依頼元が『書庫室の仕事が速くなった』と喜び、今まで自分達でやっていた資料探しまで書庫室に頼るようになってきた。下手に仕事が増えたせいでますます趣味に走る時間が減っている。納得がいかない。だがそれを口に出した瞬間、目の前の仁王様に瞬殺されることも目に見えている。

「……そういやあんた、何しに下穢宮なんて行ってたんだ？」

そんな甜珪が雑談を許してくれたのは、積み上げられた資料貸出許可証を全て書き上げた呈舜がヘロヘロと再び卓に突っ伏した頃だった。

呈舜が仕事を終えるまでの間に修繕待ちの資料の山を半分ほどの高さにした甜珪は、ざっと書類の書き上がりを確かめながらひっそりとした書庫室の空気に溶かし込むかのように静かに口を開く。

「『御意見番』としての仕事だったんだろう？　そしてあんたが仕事絡みでも嬉々《きき》として出かけてったんなら、どこかに『書』が絡んでるってことだ。あの近辺が宮城の貧民街と化していることも忘れるくらい浮かれて出かけてったんなら、よっぽどあんたの興味を引く代物がそこにあったってことだろうな」

最初に問いの形で言葉を向けてきたくせに、全て見透かされているらしい。

そのことに、思わず呈舜は机に突っ伏したまま『うぐっ』と喉《のど》を詰まらせた。彼が今年の春の除目で書庫室勤務になってからまだ半年ほどしか付き合いがないというのに、彼はきちんと呈舜の性格や行動を把握しているらしい。

呈舜はモソモソと体勢を変えるとチラリと甜珪を見上げた。呈舜が書き上げた資料貸出許可証を揃えて片手に持った彼は、キビキビとした足取りで壁際の卓へ進む。壁に寄せて置かれた細長い卓の上には、各所から要望された資料が配達先ごとに纏《まと》められていた。甜珪はその山の上に迷いなく呈舜が書き上げた許可証を載せていく。どうやら甜珪は修繕作業に入る前にすでに貸出資料の用意を終えていたらしい。あとは山ごとに風呂敷《ふろしき》で包んで各部署に配達するか、量が多い場合は資料を請求した部署の人間をこちらに呼び付ければ仕事は終わる。

「で、あんな破落戸《ごろつき》に絡まれてたってことは、あんた、現場でうまく事件を解決してこなかったんじゃねぇか？」

今日も仕事を完遂させた有能で働き者な部下は、勘が鋭くて思考も冴《さ》える。

「その場で述べられたあんたの『御意見』に納得できない人間がいて、場を収めることができなかった。だからあんたは日を改めて再び下穢宮を訪れることを決め、一旦《いったん》その場を辞した。……そんなあんたの存在を面白く思わなかったのか、あるいはあんたが揉《も》め事の種を一時的に引き取ってきたせいで、あいつらに絡まれることになった」

手元の資料貸出許可証を全てしかるべき山の上に載せた甜珪は、呈舜を振り返ると相変わらず静かな視線を注いでくる。『で、どうなんだ？』という言葉が聞こえたような気がした呈舜は、卓に突っ伏したまま ささやかな抵抗を試みた。

「彼らは僕に金品を要求していたんだよ。『御意見番』の仕事とは関係ない人間かもしれないじゃない」

「あんたの懐に銭が入っているようには見えねぇんだが」

だがその言葉はバッサリと、失礼とも取れる言葉によって切り裂かれた。……悲しいかな、実際に呈舜の懐には、悲しいくらい銭が入っていない。

そもそも呈舜は書庫室の脇にある小部屋にほぼ住み込む形で暮らしている。正式な部屋も外朝の一角にある官吏宿舎の中にあるので、宮城の外へ出ていく用事はほとんどない。宮城の中で暮らしていれば衣食住は支給品で事足りるから、自然と買い物との縁も切れた。今では趣味の書に関わる物品にしか己の金は使わない。ゆえに元から懐に銭を持って歩く習慣もない。宮城内に部屋を賜《たまわ》って住み込んでいる人間達は、みんな結構そうなのではないだろうか。

……ちなみに甜珪は外朝の外にある自宅からの通い組なので、懐に常に一定の金銭が入っているものだと思われる。もっとも、天下の末榻甜珪からカツアゲをしようという度胸のある輩《やから》がいるとは思えないが。

「懐の金品を要求するのは破落戸の一つの型だ。金品を要求する言葉さえ吐いときゃ襲う形は整う。本当の理由なんかどうでもいい」

「彼らは、僕を襲うことこそが目的だったたって言うのかい？」

「知らん。本当にあんたの懐に銭があるように見えた目の悪いやつらだったのかもしれん」

一々失礼かつ鋭すぎる切れ味で呈舜に返した甜珪は、壁際の卓にもたれるように立つとゆったりと腕を組んだ。深緑の袍《ほう》が、少し傾いた午後の光の中をフワリと舞う。少し距離を置く形で呈舜に向き合った甜珪は、軽く視線で呈舜を促した。

「だが、たまたま下穢宮を訪れたあんたが、関係のない破落戸にたまたま目を付けられ、たまたま襲われたなんて、都合が良すぎるだろ。……あんたの『御意見番』の仕事の話も込みで、話を聞いてやってもいいぞ」

「え。でも、その資料の配達……」

「一応、終業までに時間的猶予はある。……それとも何だ？　この山をさっさと片して次の仕事にかかりたいとか……」

「ちょっと待った！　すごく！　すごーく未榻君に話したかったんだ！　僕一人じゃいい御意見ができなくて困っていた所だったんだよっ！」

暗に休憩を提案してきた甜珪の言葉が一瞬信じられなくて柄にもない真面目な言葉を零《こぼ》すと、甜珪は間髪を容《い》れずに溜《た》まった仕事の一覧を取り出そうとする。思わず椅子を蹴《け》って立ち上がり全力で甜珪を止めに入ると、甜珪は不承不承といった様子で元の体勢に落ち着いた。

──案外この子、真面目とか有能とか通り過ぎて、仕事依存気味なんじゃないだろうか……

内心でそんなことを考えながら、呈舜は椅子に座り直す。勝手に零れてきた溜め息は、一体何に対する溜め息だったのだろうか。

——そういえば未榻君が『御意見番』の仕事にも介入するようになってから、依頼件数が格段に上がってるような気がするんだよねぇ……

「『御意見番』として僕が呼ばれていると気付いたのは、今日の朝のことだよ」

呈舜は色々な諦《あきら》めを込めた溜め息をついてから、懐に収めていた紙を引っ張り出した。時の経過を感じさせる黄ばみを帯びた紙には、かろうじて墨と分かる筆記具で何やら文字らしき物が書き記されている。

「これ、『仙人の宝物が納められた場所を示す地図』らしいんだけどさ。……未榻君、信じる？」

＊・＊・＊

そもそも『御意見番』というのは、律令《りつりょう》によって定められた官ではない。長い宮廷の歴史の中で自然発生的に生まれた、宮廷内の世話役というか、政《まつりごと》に関係のない相談を受ける、部署や派閥にとらわれない『何でも相談役』みたいなものだ。

皇帝を始めとしたお偉いさんが『御意見番』を定めるわけではなく、何となくその時の宮廷内の雰囲気から、年長者で閑職にある者がお役目を頂戴《ちょうだい》するものらしい。『権力からも政からも見放されていて、長生きしていて宮廷内のことを知り尽くしているけれど、今は暇を弄《もてあそ》んでいる人間』が周囲に頼られ、知らない間に『御意見番』と化している、ということである。

そして大変不本意なのだが、呈舜はそんな『御意見番』と呼ばれる存在であるらしい。外見は三十路《みそじ》半ばという呈舜なのだが、呈舜が見た目以上に宮廷の古株であることを皆どこで知ってくるのか、いつの頃からかポツリ、ポツリと御意見を求める相談事がやってくるようになった。

「……うげっ」

そんな呈舜の元に相談事がやってきたのは、今日の早朝のことだった。

基本的に職務怠慢気味である呈舜だが、朝の出仕だけは早い。宮城の外から通ってくる甜珪が書庫室に顔を出す頃には、一通り扉と窓を開き、空気の入れ替えを始めているのが常だ。書庫室脇の小部屋で休もうとも官吏宿舎の自室で休もうとも、内側から鍵《かぎ》を掛けるか外側から鍵を掛けるかの違いだけで、朝一に大扉の鍵を開くのが呈舜だということは変わらない。

この日、呈舜は久し振りに官舎の自室で寝起きした。朝食争奪戦を何とか潜《くぐ》り抜け、書庫室までたどり着いた時には秋の爽《さわ》やかな朝日が周囲に満ちていたのを覚えている。胸いっぱいに心地好《よ》さを感じながら、呈舜は気持ち良く書庫室に到着したわけである。

だがその心地好さは、書庫室の大扉を前にした瞬間に吹き飛んだ。

大扉の閂《かんぬき》の上にそっと載せられた、結び文が付けられた南天の枝によって。

「……ちょっと。こんなの、昨日戸締りした時にはなかったじゃないか」

宮城内において、南天が添えられた文《ふみ》には特別な意味がある。

曰《いわ》く、『御意見番の御意見賜りたき儀有り』。

南天の枝や実を直接添えなくても、文に南天の絵を描き加えたり、料紙を南天の実を思わせる赤に染めたりするだけでもいい。とにかくただの文に南天を思わせる何かが添えられた瞬間、その文は『御意見番への相談事』に変貌《へんぼう》するのだ。

「……何でそんな所にあるの。見なかった振りできないじゃない……」

呈舜は特別『御意見番』の仕事が好きであるわけでもなければ、人にお節介を焼くのが好きな性質《たち》であるわけでもない。どちらかと言えば『仕事』と名の付く物は一律してサボりたいし、『御意見番』の役目も返上できるものなら返上してしまいたい。『御意見番』が律令によって定められた官位だったらとっくに返上していたと思う。そもそも、なぜ自分なんかが『御意見番』と目されているのか、そこから疑問を呈したい。

だが目に入ってしまった相談の文を本当に見なかったことにできるのかと問われれば、

そこまでできる度胸も呈舜にはなかった。『助けてほしい』『御意見がほしい』という声を知ってしまったら無視できないくらいには呈舜にも良心があるのだ、一応は。

――というよりも、今回は一度この枝を退《ど》かさないと大扉が開けられない以上、絶対に触れなければいけないわけで！　触れてしまったら見なかった振りは自分の性格上絶対できないわけでっ！

絶対に逃げられない場所に文を残していく辺り、今回の相談主はよほど切羽詰まっているのだろうか。それともよほど性格が悪いのか。これを偶々《たまたま》やったというならば相当悪運が強い。

――……まぁ、『御意見番』としての仕事をしている間なら、多少本業に手を抜いていても、未榻君も許してくれる……かな……？

空を見上げ、一度項垂《うなだ》れ、さらにもう一度空を見上げて覚悟を決めてから、呈舜は南天の枝に手を伸ばした。恐らくこの現場を甜珪に目撃されていたら『さっさと読め』と後ろからどつかれたことだろう。

「えーっと、何だって……？」

そんな実に後ろ向きかつ不純な気持ちで文を開く。

だが呈舜は料紙の上に躍る手跡を目にした瞬間、今までの憂鬱《ゆううつ》さの一切を忘れた。

「……この字」

一見すると文字とは思えない抽象的な字形。構成する線は少ないのに複雑に見える字画。料紙の大きさに対して酷《ひど》く短い文面は、料紙の中央に几帳面《きちょうめん》にしたためられていた。広すぎる余白が逆に文面の緊張を伝えてくるような、絶妙な均衡が取れた配置だった。

「うっわぁ……！　楼湖《ろうこ》文字じゃないか！　まさかこんなに綺麗《きれい》な楼湖文字で書かれた文に行き合うことになるなんて！」

はるか昔に廃れ、今では書画の中でしかお目にかかれない珍しい書体に、思わず呈舜は感嘆の声を上げた。最近は書画を書く書家の中でも得手とする人間が減っている書体だ。古い名跡だけではなく現役で活躍する書家の最新作まで『書』と名の付く作品には広く通じている呈舜だが、こんなに美しいと感じる楼湖文字の書面を見たのは初めてかもしれない。

「うわぁー……うわぁ、うわぁ………！　誰が書いたんだろう、これ。宮城内にこんなに優れた書き手がいたなんて、寡聞にして知らなかったよ……！」

一人でブツブツとひとしきり感嘆の声を上げた呈舜は、とりあえず深呼吸をして心を落ち着かせた。内容を理解できるまで心が落ち着いた時には、そこそこに時間が経っていたと思う。

「えっと、何々？　何だって？」

常人には文字というよりも絵に近く見えるかもしれない楼湖文字だが、呈舜はもちろん字義を理解し、読み下すことができた。中近代はもちろんのこと、読み解くだけならば千年近く前の古代文字だって十分呈舜の守備範囲内である。

「『請う　揉事《もめごと》解決　於下穢宮』……そうか、この文の書き手は下穢宮にいるのか……」

今から思い返せば、下穢宮での揉《も》め事解決を依頼されているだけであって、書き手が下穢宮にいると判断できる情報はどこにもない。

だが鮮やかに認《したた》められた珍しい書体の文に舞い上がった呈舜は、そのことに全く気付くことなく己の行動を決めてしまう。

「そういうことなら出向かないわけにはいかないよね！　あの辺りは治安が悪いし、日が高いうちがいいよね！　いやぁ、ごめんね未榻君！　『御意見番』としての仕事だから！　仕方がないよねっ！」

まだ出仕してきていない甜珪への言い訳を声高らかに述べた呈舜は、そのまま回れ右をして下穢宮へ出かけた。書庫室へ風を通すことを忘れたと気付くのも、下穢宮一帯が『宮城の貧民街』と呼ばれるほどに治安が悪い場所だということを思い出すのも、そもそも依頼の文に『誰の、何の、どんな揉め事を解決してほしい』という肝心な部分が書かれていなかったことを知るのも、約四半刻後《しはんとき》、下穢宮周辺に着いてからである。

――あれ？　もしかして僕、ものすごく考えなしだったんじゃ……

そしてその時になってようやく、呈舜は己の浅慮に気付いた。

「あ、あのぉ……」

『下穢宮』というのは、罪を犯した妃《きさき》や皇帝の血に連なる者達を幽閉に処すために造られた宮殿のことだ。宮城の馬鹿みたいに広い敷地の一番奥、一般的に一番奥にあると思われている後宮よりもさらに奥まった、一際寂れ、誰からも忘れ去られたような場所に存在している。実際に十数年前には下穢宮に堕《お》とされた妃がいたらしく、妃本人は亡くなったものの、今でも舎殿の中には亡き妃に付き従った宮女達が暮らしているという噂《うわさ》だ。

「ご、ごめんくださぁい……すみませぇーん……」

元々は高い壁に囲まれた舎殿がポツンとあるだけの寂しい場所だったらしい。だがいつの時代からか、宮城での居場所を失ったものの外へ出ていける力も縁もない者達が勝手に周囲に襤褸《ぼろ》屋を建てて住み着くようになった。

職を失った下働きや宦官《かんがん》、罪の疑いを掛けられた宮女、不治の病に侵されて厄介払いされた者。

そんな者達の吹き溜《だ》まりとなった下穢宮の周囲には、いつしかあばら屋が肩を寄せ合うようにして立ち並び、宮城の敷地内とは思えない貧民街ができあがっていった。今では舎殿だけではなく、この貧民街を合わせた一帯の土地のことを『下穢宮』と呼ぶようになっている。

「ちょっとお話お伺いしたいんですけどぉー……ちょっとぉー？」

宮城内でありながら官吏の目も手も届かない下穢宮の貧民街は、城下にある下手な貧民街より治安が悪いと悪名高い。

そんな場所に自分がほいほい気軽に出かけてきてしまっていたことに、呈舜は現場に着いてから気付いた。

互いに支え合うように立ち並ぶあばら屋を背景に殴り合う二人の男と、男達の周囲に集まった貧しい身なりの住人達を見てからようやくそのことに気付いた辺り、呈舜がいかに楼湖文字の文に浮かれていたのか推して知るべしといった所だろうか。

――……って、まさか『揉事解決』ってこれのこと？　この殴り合いを僕に解決しろって？

探す手間が省けたと言えばそれもそうなのだが、残念ながら呈舜は壊滅的に運動ができない。殴り合いの仲裁のために間に入ったら、双方から攻撃を喰《く》らって当事者達よりも先に倒れる未来が目に見えている。

——えぇい！　ここまで来ちゃったからには仕方がないっ！

「すみません！　ちょっといいですかっ？　これ、何してる所ですかっ？」

全ては楼湖文字の書き手にお目にかかるため。

すでに目的がすり替わっている自覚はあったが、そんな些末《さまつ》なことを気にしてはいけない。

呈舜は声を張り上げると一番手近な場所にいた人物の肩に手を掛けた。呈舜の声は聞こえていたのかもしれないが、まさか躊躇《ためら》いもなく触れてくるとは思ってもいなかったのだろう。相手は呈舜よりもはるかにたくましい青年だったが、呈舜が肩に手を乗せた瞬間鞭《むち》で打たれたかのように体を跳ねさせながら呈舜を振り返った。

「なっ、何なんだあんたっ」

「僕の名前は螢架呈舜。宮廷書庫室の書庫長で『御意見番』だよ。ここに揉め事解決のために呼ばれたんだ」

呈舜はここぞとばかりに『御意見番』という肩書きを振りかざすと堂々と胸を張った。

そんな呈舜にあっけに取られたかのように青年は目を瞬《しばたた》かせる。体付きは厳《いか》ついが、若干幼く見える顔立ちといいこの反応といい、もしかしたら呈舜が思っていた以上に実年齢は低いのかもしれない。

「ご、御意見番……？」

「そう。宮城内での万《よろず》相談役みたいな感じなんだけど、知ってる？」

「あ、ああ……」

「ついでにこんな文字を書く人を探してるんだけど、知らない？」

「え？　……はぁ、これ、文字なのか？」

さりげなく結び文を見せて聞き込みをしてみたが、相手の反応は芳しくなかった。

──……うん、いきなり見つかるはずもないからね！

ちょっと気落ちしそうになった心を奮い立たせ、威儀を正すために軽く咳払《せきばら》いをする。

そんな呈舜に青年はますます首を傾げたが、そんなことでめげる呈舜ではない。

仕切り直した呈舜は、改めて本題を切り出した。

「下穢宮での揉め事を解決してほしいっていう依頼があったから来たんだ。それで、あの二人は何で揉めてるの？」

「え。あ……そのぉ」

呈舜の押しの強さに引いているのか、『御意見番』という肩書きが効いているのか、青年はチラリと野次馬の中心を見遣《みや》ってからソロリと口を開いた。だが青年は下穢宮の外から来た呈舜に警戒心があるのか、話したそうに口は開いたものの中々続く言葉を声に出せない。そんな青年の葛藤《かっとう》が透けて見えた呈舜は、青年を真っ直ぐに見上げて続く言葉を粘り強く待つ。

「玄月《げんげつ》の野郎が、烏多《うた》さんにイチャモン付けやがって……」

そんな呈舜の心が通じたのか、青年はわずかに躊躇った後、モソリと事情を話し始めた。

「玄月？　烏多さん？」

「玄月は、下穢宮左京《さきょう》区坊頭《くぼうとう》……えっと、俺らが住んでる区域の、顔役みたいなやつなんだけど……」

青年の話によると、先日、下穢宮の左京区という地域に住む老女が亡くなったという。老女は周囲の誰よりも前からそこで暮らしていて、痴呆《ちほう》も入っていたものだから誰も老女の詳しい身の上を知らなかった。身寄りがあるのかも分からないし、調べる術《すべ》もない。結局は近所の住人達が協力して荼毘《だび》に付し、老女の遺品は協力した人間で山分けすることになった。

「烏多さんは、遺品を受け取った一人なんだ。烏多さんの分け前は、婆《ばあ》さんが一際執着してた紙切れだったんだけど、それを寄越《よこ》せって玄月の野郎が烏多さんに絡んできて……」

貧民街の下穢宮の中はいくつかに区分けされており、それぞれ自治がされているらしい。その自治区の長にあたる存在が『坊頭』だという。

左京区の坊頭は玄月と呼ばれている男だった。割と最近下穢宮に堕《お》とされた男で、元は官吏だったという。腕っぷしが強くて頭も切れる玄月はあっという間に坊頭の座をもぎ取り、取り巻きを引き連れるようになった。

そんな玄月は遺品の山分けが終わった現場にいきなり乱入すると『自分の分け前がないのはおかしいではないか』という主張を始めたらしい。茶毘を手伝わなければいくら坊頭といえども分け前はない。それが下穢宮での慣例だ。ただでさえ下穢宮の住民は物を持っていないし、そんな住人達から見ても老女の持ち物は少なかった。住民達は当然玄月の主張を突っぱねたが、玄月は簡単には引き下がらずあの手この手で住民達の説得を始めたらしい。

「説得が始まった当初は、玄月の野郎も下手に出ていて、『遺品』っていうふんわりした主張だったらしいんだけど……。それが今日になって狙いが烏多さんが持ってる紙切れだってことが分かって、脅すみたいに怒鳴り始めたもんだから、烏多さんもカッとなったみたいで……」

「それでこうなった、と」

呈舜が確かめるように声に出すとコクンと青年は大人しく頷《うなず》いた。いつの間にか青年の眉尻《まゆじり》は下がり、不安や心配が顔中に広がっている。殴り合いを止めたいという気持ちはあるようだが、どうしたらいいのか分からなくて途方に暮れているらしい。

そんな青年を眺めて少し考え込んだ呈舜は、わずかに首を傾げると再び口を開いた。

「ちょっと確認なんだけど、二人はお婆さんの遺品の中でも、その紙切れ一枚を巡って殴り合ってるってことだよね？」

「ああ」

「お婆さんがその紙切れにとても執着してたって話だったけど、一体何が書かれた紙切れだったの？」

「それが、よく分かってなくて……」

呈舜の問いに青年はますます眉尻を下げる。

一方の呈舜はその言葉にさらに首を傾げた。

「何が書かれているのかも分かっていない紙切れ一枚のために、殴り合いまでしてるってこと？」

「あ、いや……。婆さん、すごく無口でぼんやりした人間だったんだけど、あの紙切れが絡むと人が変わったみたいに険しい顔をして『私に託された物だ、触るな！』って暴れることがあって……」

焦ったように呈舜の言葉に答えた青年はおろおろと左右に目を走らせた。

「ただ、近所に住んでた人間が一度だけ『仙人の宝物が納められた場所を示す地図だ』って聞いたことがあるって」

「仙人の宝物？　地図？」

「俺はチラッと見せてもらっただけだからよく知らないけど、すごく汚れた紙で、傷みも激しくて、何が書いてあるのか分からなかったらしくて……。火を点《つ》けるのに使うしか、もう使い道もないんじゃないかっていう感じで……」

そんな物のために殴り合いまでするのは馬鹿らしい、というのが青年の本心なのだろう。だが、ただでさえ気に入らない坊頭の横暴に素直に折れるのは癪《しゃく》だという烏多の気持ちも少なからず分かる、といった所か。止めることも加勢することもできない青年は弱り切った顔で呈舜を見つめている。

そんな事情が青年の言葉から汲《く》み取れた呈舜は、青年に向かって一つ頷いてみせた。

「事情は分かった。とりあえずあの二人を引き離したいから、協力してくれないかな？」

「助けてくれるのか？」

「言ったでしょ。揉《も》め事解決のために呼ばれたって」

断言した呈舜に頷き返した青年が背後を振り返って視線を送る。その視線の先を呈舜も追うと、いつの間にか青年と似たような体付きをした厳《いか》つい男達が二人の周囲に集まってきていた。明らかに下穢宮の人間ではない呈舜が青年と話し込んでいる姿を見て、青年を心配した顔見知りが集まってきていたらしい。

青年は男達を眺め回し、次いで野次馬の向こうへ視線を向ける。それだけで意図は通じたのか、男達はサッと人垣の中に分け入ると二手に分かれて烏多と玄月に飛びついた。最初は訳も分からず抵抗していた二人だが、さすがに厳つい男達が束になったら敵《かな》わない。取っ組み合いの殴り合いを演じていた二人は、しばらく待つと野次馬の壁の両端へ引き離された。

「何しやがんだっ！　離しやがれっ！」

「汚ねぇ手で俺に触んじゃねぇよっ！」

だが頭に血が上ったままの二人は引き離されても大人しくはならない。それぞれ数人がかりで押さえつけているのに、今にもその腕を振り切って殴り合いを再開させそうだ。

――まぁ、これくらいは僕にも予想済みだけども。

「はいっ！　注目っ！」

呈舜は男達が割り込んだことで開いた人垣の切れ目を進みながら声を張った。パンッと鋭く手を叩《たた》けば、二人ともが射殺しそうな勢いで呈舜を睨《にら》み付ける。

恐らくまだ身なりがいいスラリとした細身の青年の方が玄月で、先程話をしてくれた青年と似通った雰囲気の厳つい男の方が烏多だろう。玄月の腕っぷしが強いというのは事実だったようで、玄月よりも烏多のやられ具合の方が目立つ。顔を重点的に殴られたのか、烏多の顔は鬱血《うっけつ》と腫《は》れで人相が分かりにくくなっていた。

「僕は宮廷書庫室書庫長の螢架呈舜。『御意見番』と呼ばれている人間だよ。今回はここに揉め事解決に呼ばれたんだ」

二人の視線は凶悪そのものだったが、そんなものは対甜珪で慣れ切ってしまっている。二人の殺気をどこ吹く風といなした呈舜はとりあえず名乗りを上げた。

それに噛《か》み付いたのは玄月だった。

「はぁっ？　一体誰がそんな人間呼んだっつぅんだよっ！」

「むしろそこは僕が教えてもらいたい所なんだけども。こんな字を書く人に心当たりってない？」

そんな玄月に呈舜は大真面目な顔で南天の結び文を突き付けた。頭に血が上った状態でも、呈舜のおかしさは分かったのだろう。今まで唾《つば》を飛ばして喚《わめ》き続けてきた玄月が言葉に詰まって黙り込む。

「とりあえずさ、そんな勢いで殴り合ってたら最悪どっちかが死んじゃいそうだし、周囲のみんなも心配しているみたいだし。二人ともちょっと頭を冷やそうよ」

「な……っ！　部外者が偉そうに口出しすんじゃねぇよっ！」

その隙にと思って説得を始めてみたのだが、玄月の回復は存外早かった。烏多は唐突に現れた部外者の頓珍漢《とんちんかん》な発言にまだ呆気《あっけ》に取られているというのに、玄月は押さえる人間を撥《は》ね飛ばしそうな勢いで抵抗を始める。

「関係者だけで解決できるなら、こんな事態にはならずにもう終わってるはずだ。違う？」

『その勢いで殴られたら一発で死ぬから絶対に離さないでよね』という内心を綺麗《きれい》に隠して、呈舜はあくまで静かに玄月に言葉を向けた。怒りを剝《む》き出しにした玄月にここまで冷静に向き合える人間は周囲にいなかったのか、野次馬達が驚きや感嘆の吐息を漏らしている。

「どうして君は烏多さんと殴り合いなんてしてたの？　言葉だけでは済まなかったの？」

「うるっせぇっ！　こいつが持ってる紙切れは俺様が頂くっつってんだよっ！」

「烏多さんが持ってる紙切れは、烏多さんが茶毘を手伝ったからその報酬に烏多さんに渡った物なんでしょう？　君は手伝っていないって話じゃないか。筋が通らないよ」

「俺はここの坊頭だぞっ！　左京に住んでる人間は黙って俺の言うことを聞いてりゃいいんだよっ！」

――うわぁ、悪代官……

言葉が通じる様子のない玄月に『はて、どうしたものか』と呈舜は眉をひそめる。その間に万が一にでも結び文を失くさないようにそっと懐にしまっておくことも忘れない。

「どうしても手に入れたい事情があるなら、正面切ってそれを説明すればいいじゃないか」

この場にいたのが甜珪だったらそろそろ言葉ではなく拳《こぶし》での語り合いが始まりそうなものだが、残念ながら呈舜は言葉でしか語り合う方法を知らない。だから呈舜は粘り強く言葉を向け続ける。

「何かのっぴきならない事情があるなら、言葉にしてもらえれば烏多さんの心も動くかもしれないじゃないか。ねぇ、烏多さん？」

「あ？　あぁ……」

いきなり言葉を向けられた烏多は曖昧《あいまい》な声を上げた。こちらは玄月と違って少し頭が冷えたらしい。呈舜が突然現れた不審者であることに変わりはないのに、烏多は呈舜の言葉に少し考え込むとおずおずと口を開く。

「ま、まぁ、応じるかどうかは別として……。事情説明くらいは、聞きてぇけども……」

「ほら、烏多さんは聞く耳を持っている。だから君は語る言葉を口にするべき……」

「うるっせぇっ！　部外者がペラペラ出すんじゃねぇっ！」

　だが肝心な玄月の方に変化がなかった。

　黙っていれば確かに官吏然としている玄月だが、悪人面をさらに歪《ゆが》めて怒声を発する様はどこからどう見ても破落戸《ごろつき》の親玉だった。腕っぷしの他に頭も切れるという話だった気がするが、今の玄月からは暴力の臭いばかりがして知性がほとんど感じられない。言葉が通じにくい類《たぐい》の人間だ。

「左京に住んでる人間は黙って俺に従っときゃ良いんだよっ！　従えねぇならこの玄月様が軍部で鳴らした腕でテメェら全員ボロクズみたいにしてこっから叩き出すぞっ！」

「何だとっ？　左京に先に住んでたのは俺達の方だろうがよっ！」

「黙って聞いてりゃなんだその言い様《ざま》はっ！」

　不意に今までとは違う場所から怒声が上がった。声の方を見遣《みや》れば野次馬の中にいる数人が怒りも露《あら》わに肩を震わせている。どうやらこちらが一歩譲歩を見せたのに一向に折れようとしない玄月に怒りが抑えきれなくなったらしい。日頃の鬱憤がよほど溜《た》まっていたのか、一人が声を上げた瞬間怒りの色はサッと周囲に広まった。

「そこまで言うなら徹底的にやってやろうぜ！」

「叩き出されんのはお前だ玄月っ！」

「玄月の兄《あに》ぃ！」

さらに間が悪いことに、野次馬の向こうから別の集団が割り込んできた。玄月を取り押さえていた男達を手荒く払い落とした集団は、どうやら玄月の取り巻きであるらしい。

「兄ぃ、こいつらにやられたんですかい？」

「調子乗っていやがるみたいっすね」

「玄月の兄ぃに逆らった意味を叩き込んでやりましょうや」

小綺麗《こぎれい》な身なりの悪人面集団は玄月を助け起こすと敵意も露《あら》わに周囲をねめつけた。そんな一行に振り払われた男の一人が、一番手近にいた取り巻きの肩を引き寄せるとその顔面に拳を叩き込む。一組揉め始めるともう収まりは利かなかった。烏多を押さえつけていた一行も役目を放り出して玄月一行に襲い掛かり、今度は集団対集団の大乱闘が始まってしまう。

「ちょっとちょっとちょっと……！」

──どうしろってのこんな乱闘騒ぎ！

再燃してしまった小競り合いに巻き込まれないように慌てて避難しながら呈舜は顔を引きつらせる。

ここまでの規模になってしまうと、呈舜の運動神経云々《うんぬん》の問題ではなく、もう物理的に止めることは不可能だと言ってもいい。言葉を投げても届く状況ではないし、力で押さえようにも人手が全く足りない。野次馬だったほとんどが今や乱闘に参加している状態だ。玄月が折れる様子はなさそうだったし、烏多側も日頃から溜めに溜めた鬱憤がある以上、そう簡単にこの争いは止まらない。

──内容が分からない、本来ならどうでもいいはずである紙切れ一枚でここまでの争いになるんだから、よっぽど溝は深いんだねぇ……

今にも倒れそうなあばら屋の柱の陰に何とか身を隠した呈舜は、己の胸中をよぎった言葉にはっと我に返った。

──玄月は紙切れに書かれた内容を知った上で紙切れを欲しているのかな？　それとも、内容はどうでも良くて紙切れそのものを欲してる？

己の気付きを足掛かりに、呈舜は急いで思考を回す。双方の意識を、目の前にいる互いからそらす方法を求めて。

──うん、これならもしかして……！

そのまま数十秒考え込んだ呈舜は、解決策を実行すべく周囲を見回す。とりあえず策は浮かんだが、あの集団を止めて言葉が伝わる状況を作り出さなければならないことに変わりはない。

キョロキョロと周囲を見回した呈舜の目に留まったのは、路上に口を開けたまま置かれていた大きな瓶《かめ》だった。どうやら雨水を溜めるために置かれた物であるらしい。口に渡すように置かれた柄杓《ひしゃく》越しに瓶の中を覗《のぞ》くと満々と水が張られている。

――これだ！

呈舜は迷わず柄杓を取ると瓶の中に差し入れた。柄杓いっぱいに水を入れ、その先を容赦なく乱闘騒ぎの現場に向かって振り抜く。

「うべっ！」

「つめたっ！」

「なっ、なんだぁっ？」

一回一回撒《ま》かれる水の量は少ないが、手早く何回も撒けば広範囲への意表を突いた攻撃にはなる。運動神経皆無の呈舜でも相手を傷つけることなく気を削《そ》ぐことができる。

「はい！　再度注目！　みんな僕にちゅうもーく！」

水を撒きながら声を上げること数十回。

怒りが急速に伝播《でんぱ》して乱闘が始まったように、今度は呈舜への戸惑いが一気に広まって皆の手が止まった。水を引っかけられた人間は烏多側も玄月側も困惑を乗せて呈舜を振り返る。

「ねぇ、その紙切れって『仙人の宝物が納められた場所を示す地図』って話だけどさ、それって本当なのかな？」

全員が手を止めたことを確かめてから、呈舜は空になった柄杓の先を烏多と玄月に突き付けた。

「根拠になっているのは痴呆《ちほう》が入っていたお婆《ばあ》さんの発言だけで、誰も内容は読み解けてないんでしょ？　それとも、玄月殿は紙切れそのものに価値を感じているから烏多さんに喧嘩《けんか》を吹っかけたの？」

呈舜の言葉に答える声は誰からも上がらなかった。遺品を巻き上げられることに抵抗した烏多側はともかく、因縁をつけてきた側である玄月でさえ呈舜の疑問に言葉を詰まらせて固まっている。

「この際だからさ、内容を読み解いて、本当に『仙人の宝物が納められた場所を示す地図』なのか調べてみたらいいと思うんだ。紙切れそのものに執着してるわけじゃないなら、所有権を争うのは内容が分かってからでもいいんじゃない？」

呈舜は玄月が立ち直るよりも早く先程思いついた提案を口にした。そんな所に疑問を抱く人間は誰もいなかったのか、今度は驚きと戸惑いに空気が揺れる。

──よし、とりあえず、どっちも目の前にいる相手から意識はそれた。

内容が分かった所で、この争いは止まらない。恐らく玄月は紙片に書かれた内容にかかわらず紙片に執着し続けるだろうし、烏多も感情的な面から玄月に折れることはないだろう。内容の解読は、本来まったく意味がない。

だが双方の意識を所有権から紙片の内容に向けることで、一時的に互いから気をそらすことはできる。紙片を双方の手元から一度切り離した上で争点をすり替え、互いから気をそらすことで冷却期間を設けることこそが呈舜の真の狙いだ。

「よ、読めるのかよ、あんたに」

今回も呈舜に理解を示すのは烏多の方が早かった。先程よりも顔を腫《は》らした烏多の言葉は不明瞭《ふめいりょう》だったが、解読を望む意思を読み取った呈舜は重々しく頷《うなず》いてみせる。

「僕は宮廷書庫室の長。書の専門家だ。書かれている物が文字であるならば、僕が必ず読み解いてみせるよ」

――まぁ、書庫長だから、と言うよりも個人的な趣味の範囲内だから、っていう理由の方が正しいんだけどもね。

だがどちらであろうとも、確かな自信があることに変わりはない。

そんな呈舜に心を動かされたのか、烏多側の人間達は何事かを相談するかのように視線を交わし始める。対する玄月側も、呈舜の言葉に魅力を感じているようだった。大方、烏多から紙片を巻き上げることに成功しても、解読する術《すべ》がないというのは玄月側も同じなのだろう。内容にかかわらず紙片に執着はあるが、内容そのものも分かるならばそれに越したことはないといった所か。呈舜の提案を呑《の》めば紙片を手に入れるまでに余分な時間がかかり第三勢力を噛《か》ませることにもなるが、他に解読してくれそうな当てもない、というのが実情なのかもしれない。

──万が一僕が持ち逃げするようなことがあっても、手勢を使ってそれこそ暴力で解決すればいいと思ってそうだしね。

「どう？　こうして僕が関わったのも何かの縁だ。試しに僕を使ってみないかい？」

場の空気が己の優位に傾いた瞬間を逃さず呈舜はさらに畳み掛ける。

その言葉が決定打になったのだろう。チラリ、チラリと視線で間合いを計った両者は、互いを牽制《けんせい》しながらもゆっくりと距離を取って両陣へ分かれ始める。その様から自分の言葉に両者が『諾』と答えたのだと覚《さと》った呈舜は、水に濡《ぬ》れた地面を不器用に避《よ》けながら烏多に近付いた。

「……内容が分かれば、……っ、ペッ、……婆さんの供養になるかもしんねぇからな」

何も気負うことなく烏多の前に立った呈舜に、烏多の方はわずかにたじろいだようだった。血が混じる唾《つば》を吐き捨て、乱暴に腕で口元をぬぐう烏多の視線が、迷うように一瞬呈舜からそれる。

だが烏多は最後に何かを振り切るように首を振り、懐から件《くだん》の紙片を取り出すと呈舜に差し出した。

「真っ直ぐに、俺達を見てくれた、あんたを、……俺は、……信じてみたく、なったよ」

「うん。大切な品を、僕に預けてくれてありがとう」

差し出された紙片を、呈舜は両手でそっと受け取った。

事情を説明してくれた青年は『すごく汚れた紙』と言っていたが、言葉から想像していたよりも紙片の汚れは酷《ひど》くなかった。ただとても古いのに加えてここ最近の扱いがよろしくなかったのか、気を抜くと破れ散ってしまいそうな脆《もろ》さを感じる。かろうじて墨で何かが書かれているということは分かるが、経てきた年のせいで墨はかすれ、書かれているのが文字なのか絵なのか記号なのか、それさえもパッと見ただけでは分からない。

だが、一度引き受けた以上、簡単に投げ出すつもりはなかった。

確かに第一の目的は今この瞬間の乱闘を止めることにあったが、呈舜は最初から嘘《うそ》偽りなく本気で、この紙片の内容を解読するつもりであの提案を口にしたのだから。

「解読でき次第、報告に来るから。それまでこの件は僕に預けたと思って、双方とも争いを仕掛けないこと。いいね？」

呈舜の言葉に、烏多と玄月、それぞれが曖昧《あいまい》に頷く。

それをきちんと確認してから、呈舜は下穢宮を辞したのだった。

＊・＊・＊

「……で、その帰りに破落戸《ごろつき》に絡まれた、と」

「うん」

「ますますその紙切れ、怪しいじゃねぇか」

「……うん」

『揉《も》め事の種を一時的に引き取ってきたせいで絡まれたのではないか』と指摘された時は、とにかく何でもいいから反発したかったために反論を口にした呈舜だったが、実際の所、本当は呈舜だって八割くらいはこの紙片が全ての原因なのだろうなとうっすら覚っている。残りの二割ではまだ金品を狙った無差別事件であったらいいなと思っているのだが。

……八割の理由の方で襲われたとなると、今後も面倒事に付き合わないといけなくなる。それはとても、面倒臭い。正直言ってご遠慮申し上げたい。

「それで？　その紙に書かれた内容、読めそうなのか？」

そんなことを内心だけで全力で考えている呈舜に呆《あき》れの溜《た》め息を向けた甜珪は、軽く顎《あご》をしゃくって呈舜が卓の上に置いた紙片を示す。甜珪につられるように呈舜も視線を紙片に落とすが、そんな自分が実に渋い表情になっているのが分かった。

「んー……まだじっくり検分してないから何とも言えないんだけど……」

紙片に使われている紙は、普段触れている紙よりも分厚くて手触りもガサガサしている。質が悪いというわけではなく、作られた年代が古いのだろう。元々帳面のように綴《と》じられていた一枚を無理やり引き千切ったのか、長方形に近い紙片の一片がいびつに破られていた。その上折り畳まれて持ち運ばれていたのか、縦横無尽に折れ線が紙の上を走っている。引き千切られてからも長い年月を過ごしてきたようで、破れ目の部分も折れ線が走る部分も、紙がすれて薄くなり、角は微《かす》かに丸みを帯びていた。特に折られた部分は透けるくらい紙が薄くなっていて劣化が目立つ。面で保存されていた部分も長い歳月の中で擦れてしまったのか、全体的に墨はかすれ、何が書いてあるのか判別できる部分の方が少ない。

「文字を解読できるかどうか以前に、劣化が激しくて文字かどうかを判別できるかが問題なんだよね……」

紙が作られ記録媒体として使われ始めたのは約八百年前のことだと言われている。それ以前の書物は竹簡や木簡、石板を冊状にした物が用いられていた。つまりこの紙に書かれている文字もこの八百年以内に使われていたものになる。それくらいの期間ならば十分に呈舜の守備範囲だ。書かれている文字さえ判別できれば解読自体はそれほど難しくはないだろうというのが呈舜の所感である。

「劣化さえ解決できれば、読めるんだな？」

司書として日常的に書物を始めとした紙類の修繕を手掛けている呈舜だが、ここまで傷みが激しいと無事に修復できるか、そもそも修復できても文字が読めるようになるかも分からない。

これは安請け合いしてきちゃったかなぁ……、と思わず眉《まゆ》をひそめた瞬間、視界の外から伸びてきた手がフワリと紙片を取り上げた。視線を上げればいつの間にか距離を詰めていた甜珪が紙片を取り上げている。

「未榻君、妙に念を押してくるけど……」

「劣化だけなら、どうにかできんこともない」

「へ？　ここまでの状態だと、僕でも修復は難しいと思うんだけど……」

甜珪に書物の修繕技法を教えたのは呈舜だ。他の業務ならいざ知らず、書が絡む内容では呈舜の方が甜珪よりも技能は一枚も二枚も上手である。呈舜が難しいと判断した品物が甜珪の手に負えるとは思えない。現に普段の業務でも劣化が激しい物や重要資料の修繕は呈舜が手掛けている。

下手に手を加えられて取り返しのつかないことになっては困る、と呈舜は焦りとともに甜珪の手から紙片を取り戻そうと身を乗り出す。だがそんな呈舜に構うことなく、甜珪は紙片を右手の人差し指と中指の間に挟むようにして構えるとスッと瞳《ひとみ》をすがめた。

その瞬間、甜珪の纏《まと》う空気が変わる。

「『時の翁《おきな》に請い給《たま》う』」

低く、凜《りん》と響く声が、世界の理《ことわり》を変える言霊を紡ぐ。その言葉に誘われるように大地を流れる力がふるりと解けて湧き出てくるのが呈舜にも分かった。燐光《りんこう》となった力は戯れるように甜珪の周囲を舞い、赤銅色の瞳と髪に微《かす》かな煌《きら》めきを添える。

「『積もる埃《ほこり》を祓《はら》い清め　はるか旅路の始まりの姿をここに示さん』」

呈舜が息を呑む前で、燐光は甜珪の手の中にある紙片へ移った。燐光に洗われるように、あるいは焼き尽くされるように揉まれた紙片は、新しい姿を得て甜珪の手の中に返ってくる。

「ほら、これでどうだ？」

燐光の乱舞を見送った甜珪は、何事もなかったかのように呈舜へ紙片を差し出した。思わぬ展開にぽっかり口を開けたまま固まる呈舜の前でヒラヒラと紙片を振る甜珪は『さっさと受け取れ』と言わんばかりの顔で呈舜を眺めている。

呈舜は口を開いた間抜け面のまま甜珪の手から紙片を受け取った。真新しいが明らかに今の時代に漉《す》かれた物ではない分厚くかさついた紙には、墨痕《ぼっこん》鮮やかに見慣れない文字が躍っている。それが古ぼけた紙片の在りし日の姿なのだということは、燐光を受けた後もいびつに残っている破れ跡で嫌でも分かった。

「劣化さえ修復できれば、読めるんだろ？」

修復……否、時を巻き戻された紙片を見つめ、何てことないように紡がれた言葉を聞き、呈舜は今更ながら目の前にいる部下がただの優秀な官吏であるだけではなかったことを思い出す。

未榻甜珪。

彼は『優秀な官吏』である以前に、『玻麗屈指』と称される呪術《じゅじゅつ》師なのである。

今年の春、退魔師を育成する学寮である祓魔寮《ふつまりょう》を首席で卒業するまで、その退魔の腕前で打ち立ててきた伝説は数知れず。学生の身でありながら宮廷退魔長から直々に退魔師として最上位を示す『琥珀菊花《こはくきっか》』の佩玉《はいぎょく》を下賜されていたという天才。卒業後の進路を巡って退魔省《たいましょう》と祓魔寮という宮城二大退魔組織が争ったとまで言われている彼は、なぜか本職に退魔師を選ばず、科挙を受けて官吏になると自ら志願してこの宮廷書庫室にやってきた。彼が『戦う司書』と呼ばれる所以《ゆえん》である。

今でも本職の退魔師達に請われてちょくちょく現場で退魔の腕を振るっている彼が、そして学寮卒という科挙優遇制度を使ったことを差し引いても優秀な成績を叩《たた》き出したらしい彼が、なぜこんな閑職に自ら望んで就いたのか、……その理由を呈舜は一切知らない。

「……退魔術って、こんな使い方があるんだね」

「まぁな」

「……ねぇ、なんでこんな技を使えるのに、普段あんな手間をかけてチマチマと手作業で書物の修繕をしてるの？」

「あれが司書としてのやり方なんだろう？」

暗に『手間暇かけて修繕作業なんかしなくても、その術でチャチャッと直してくれればいいじゃない』と言ったつもりだったのだが、甜珪は『何言ってんだ？　こいつ』という表情であっさりと返してきた。その反応に呈舜は思わず引きつった笑みを浮かべる。

──……いや、本っ当に、なんで君、こんな所で働いてるの？

『今からでも退魔省や祓魔寮に転属願を出した方がいいんじゃない？』という言葉を、今日も呈舜は何とか腹の中へ呑み込んだのだった。

# 《弐》　秘仙宝薬　転じて災禍

「……で？」

「……はい？」

「『劣化さえどうにかすれば読める』って豪語してたのは、どこのどいつだ？」

「わ……わたくしでございます……」

月の宴《うたげ》も近付くこの時期は、宮城を挙げての一大行事に向けて政《まつりごと》を司《つかさど》る内朝内もサワサワとざわついている。主に動くのは祭礼を司る礼部《れいぶ》、祓《はら》いを担う退魔省《たいましょう》、宴に参列する妃達《ききき》が暮らす後宮などだが、それ以外の部署も大きな行事の際には何らかの役割を負っていることが多い。紫雲殿《しうんでん》に詰める官吏達は朝早くから働き、夕方には帰路についていることが多いのだが、行事に向けて何かと増える雑事を片付けるためなのか、最近は日が沈んでからも忙しく立ち回っている姿が目立つ。

そんな官吏達が行きかう紫雲殿の外廊下で、呈舜《ていしゅん》は甜珪《てんけい》に捕獲されていた。

石造りの廊下に転がされ、甜珪の片足に背中を踏まれるという、何とも間抜けな姿で。

「だっつーのにテメェは一体何日『解読の為』って欠勤してんだ？　あぁっ？　どれだけ書類が決裁されずに溜まってると思ってんだ！　サボるのもいいっ加減にしろっ！」

「……というか未榻《みとう》君、どうやって僕の居所を突き止めて……」

わざわざ甜珪に見つからないように書庫室から一番遠回りになる廊下をコソコソと進んでいたというのに、『おい』という地の底から響くような声とともに登場した甜珪は容赦なく呈舜の背中を蹴《け》り飛ばし、いとも簡単に呈舜を捕獲してみせた。そろりと窺《うかが》うように視線を向ければ、視線だけで人を殺せそうな顔をした甜珪が無言のまま呈舜の背中を踏む足に力を込める。

「イ……ッ！　ちょっ、ちょっと未榻君っ！　あ、肋《あばら》っ！　肋が軋《きし》んで……っ！」

「……むしろ、何本かへし折るか。そのまま書庫室の椅子に縛り付けときゃ逃げ出す気も失《う》せるだろ」

「ひっ……ヒィッ！」

――今の甜珪ならやりかねない。

呈舜は思わず這《は》ったまま逃げ出そうとするが、甜珪の足がそれを許さない。呈舜は針で台紙に固定された昆虫標本よろしく紫雲殿の廊下に磔《はりつけ》にされていた。シャカシャカと手足だけがせわしなく動く呈舜を見た通行人が気持ち悪そうに視線を逸《そ》らしては通り過ぎていく。

——ちょっとぉ！　誰か一人くらい僕を憐《あわ》れんでくれたっていいんじゃないかいっ？

「端的に答えろ。解読は終わったのか？」

『さもなくば肋は頂く』とばかりに甜珪が足の乗せ方をわずかに変える。体重を移動している間も決して呈舜を逃がさないように器用に動かされた足は、爪先《つまさき》で確実に肝を狙っていた。

——え、ちょっと待って。まさか骨じゃなくて内臓狙い？

「おっ、終わったには終わったんだ！　だけど……っ！」

「だけど？」

一瞬、グッと甜珪の爪先に力がこもる。ミシッと軋《きし》む体に濃厚な死の気配を感じた呈舜は急いで続きを口にした。

「その意味が分からなかったから、紫雲殿の医局に問い合わせに行ってたんだ！」

「医局？」

甜珪が拍子抜けした声を上げる。それでも爪先にかかった力は抜いてもらえない。まだ死の気配が去らないことを察した呈舜は急ぎ足で分かったことを報告した。

——上司が部下に報告って、意味が分からないんだけどっ！

「あの紙に書かれていた文字は七百年近く前、ここより北方領で使われていたものだった。恐らくあれは、かつて玻麗《はれい》の北にあったと言われている播華国《ばんかこく》で書かれた書物の一葉《よう》だと思う。……何が書かれているか分からないはずだよ。そもそも玻麗で使われていた文字じゃないんだから」

「……よく分かったな、という言葉は毎度のことだから割愛するが……。それが何で医局を訪ねる理由になるんだ？　わざわざ医局に足を運んだってことは、とりあえず内容に関しては理解できたってことだろ？」

「さすがに僕も楽には読み解くことはできなかったけど、幸いなことに翻訳の役に立ちそうな書物を個人的に持っててね……。翻訳すること自体はできたんだけど、その内容が、その……」

言葉で説明するよりも実際にその訳文を読んでもらった方が早い。ちょうどその訳文は今呈舜の懐の中にある。

そんな意味を込めて甜珪に視線を送ると、甜珪は渋々ながらも呈舜の背中から足を引いてくれた。軋んでいた肋が元に戻ったせいで呈舜の意思に反して肺に空気が流れ込み、苦しくもないのに軽く咳《せき》が零《こぼ》れてくる。

普段ならばここで文句の一つや二つくらい言ってやるところなのだが、今はその時間も惜しい。

呈舜は無言で体を起こすと、座り込んだまま懐から訳文を取り出して甜珪に差し出した。

甜珪と顔を合わせたら、何よりも先に甜珪の意見を聞きたいと思っていたのだ。……さすがに仕事をほっぽり出し過ぎた自覚はあったし、それに対して甜珪がカンカンに怒っていることも分かっていたから、恐怖が先に立って中々甜珪に会いに行けなかった所が実はあるにはあるのだが。

「どう思う？」

差し出された訳文を無駄のない動きで取り上げた甜珪は、素早く文面に視線を走らせると微《かす》かに眉《まゆ》をひそめた。

外はすっかり日が暮れて闇に沈んでいるが、紫雲殿の外廊下は残って仕事に当たる官吏達のためにいつもより多く篝《かがり》火《び》が焚《た》かれている。甜珪の目ならば問題なく訳文を読み解けているはずだ。

その証拠に、訳文に目を通し、しばらく胸中で言葉を転がしていた甜珪は、表情通りの険しい声で低く呟《つぶや》きを零した。

「……少なくとも、地図、では、ない」

「だよね」

あの紙片を翻訳すること自体は、あの日依頼資料の配達を甜珪にゆだねて自室に引き籠《こも》ったおかげで、日付が変わる頃までには終わっていた。

だがその内容が、呈舜には理解できなかった。

もしかしたら翻訳を間違えたのではないだろうかと参考書籍をひっくり返して何度も訳し直してみた時点で丸二日が過ぎ、最初の訳以外に翻訳のしようがないと自分が納得できた時点で三日目になっていた。医局に問い合わせをしたり、医局の蔵書室で調べ物をしたりしていたら五日が過ぎていて、今は甜珪と別れてから六日目ということになる。

——通常業務は問題なく未榻君が回してくれているはずだけど、僕が書かなきゃいけない収蔵目録とか収蔵書類とか僕の署名が必要な決裁書とか、きっと山のように溜《た》まってるんだろうなぁ……

そのことを思い、呈舜は一瞬悟りを開いたような表情を浮かべる。

「俺には、何かの薬の調合法に思えるが」

その意識を現実に引き戻したのは、甜珪の呟きだった。

「医局に問い合わせに行ったんなら、あんたもそう思ったんだろ。何か具体的に話は聞けたのか？」

呈舜に訳文を返した甜珪は険しい表情のまま問いを向けてくる。聡《さと》い甜珪のことだ。訳文を読んだだけで、呈舜の答えを聞かずともこれが何の調合法なのかうっすらと分かっているのかもしれない。

「現在使われている薬の中に、この調合に似た薬はないそうだ」

呈舜が読み解いた紙片には、草木や鉱物の名前らしき単語の羅列とそれぞれの分量を示す数字、それをどう扱うかが書き記されていた。紙片はその冒頭に当たる頁だったらしく、最終的にどんな形に仕上がり、何に用いられる物になるのかは記載がなかった。だが『滋養強壮』『不治を退け』『細かく砕き』『服薬』という単語が飛んでいれば漠然とこれは薬学書の頁なのだろうと分かるし、単語の羅列が原材料なのだろうと推測できれば何を目的に調合される物かも何となく想像することはできる。

だから呈舜はわざわざ紫雲殿の医局まで足を運んだ。餅《もち》は餅屋、薬のことは医官に訊《き》くのが早い。医官に問えば呈舜の漠然とした推測以上の知識を教授してもらえるだろうし、万が一相手にしてもらえなくても医学・薬学系の蔵書は医局の蔵書室の方が専門的な物が用意されている。とにかく自室に引き籠《こも》ってうんうん唸《うな》っているよりは建設的だろうと考えたのだ。

「ただ、並ぶ単語から、これじゃないかと思う薬に心当たりがあると教えてくれた」

医局がたまたま暇だったのか、呈舜が声をかけた医官が親切な人だったのか、運がいいことに呈舜が捕まえた医官は快く調べ物に知恵を貸してくれた。その場ではふんわりとした心当たりしかなかった医官は『調べておくから、少し時間をくれないだろうか。調べ終わったら遣いを出すから』と呈舜に伝え、その遣いが今日呈舜の元を訪れた。その呼び出しの帰路にあった呈舜を甜珪が捕まえ、今に至る。

「僕も自分で調べていて、ある程度は予想していたんだけどね。……案の定、『丹《タン》』じゃないかって言われたよ」

「丹……仙丹か」

丹、というのは、古《いにしえ》の皇帝や貴人がこぞって求めたという秘薬だ。仙人が作る薬とされており、これを飲めば不老不死を得られると言われていたらしい。

だが人間がそう簡単に不老不死になれるはずもない。丹、あるいは仙丹と呼ばれた代物はほぼ全てが紛《まが》い物……逆に人体には毒になる代物でしかなかった。主原料として扱われた汞《水銀》が人には毒になるらしい。そして丹と呼ばれる物はほぼ確実にこの汞が使われている。

恐らく甜珪は訳文の中に『汞』という文字があるのを見てこれが丹の生成方法だと気付いたのではないだろうか。

「確かに『仙人の宝物』であることには違いないだろうが……」

「地図、ではないよね」

仙丹を作ることや服用することは随分昔に禁止され、広く流通していた生成書も禁令に従って多くが焼き払われたと言われている。今では医局を始めとした専門部署がわずかに保管しているだけで、人々の中にはおとぎ話程度にしか伝わっていない。ただ誰もが丹は危険な物だということは知っているから、作ろうと思う人間も服用しようと思う人間もいないと言っていいだろう。いわば丹は『前世紀の遺物』なのだ。

つまり、丹の生成方法が分かった所で価値などない。さらにそれが部分的にしか記載されていない紙片など、争ってまで欲しいと思う物好きは少ないだろう。歴史的価値や浪漫《ロマン》を感じてこれを『宝物』と評する人間ももしかしたらいるかもしれないが、財貨的価値はまったくないと言っていい。呈舜からしてみれば『書』としてかけがえのない価値を感じさせる品物だが、甜珪を始めとした一般人からしてみればただの反故《ほご》紙同然と言ってもいい代物だ。

──……いや、そもそも未榻君を一般人の代表として扱っていいのかどうかは疑問ではあるんだけどもね？

「……まぁ、その紙の所有権を争っていた人間達は、老女の言葉を信じて『仙人の宝物の地図』だと思っていただけであって、正しい内容自体は全く知らなかったんだろ？　丹の生成方法を巡って争っていたわけじゃない。とりあえず『御意見番』としては、その事実を伝えて、揉《も》め事を解決できればそれでいいんじゃないのか？」

「んー……まぁ、ねぇ……」

「……何か納得できてない雰囲気だな」

歯切れの悪い呈舜に甜珪は首を傾げる。そういう甜珪の方も、何かが気になるのかどことなくスッキリしない表情を浮かべていた。

そんな甜珪を見上げて、呈舜は言葉を選びながら口を開く。

「……その紙片が、一体どこから出てきたのかが、気になるんだよねぇ」

「どこから？」

「紙ってね、丈夫なようで、案外脆《もろ》いじゃない？」

『どこからって、老女の持ち物だったんだろ？』という甜珪の内心を読み取った呈舜は、甜珪に問われるよりも早く説明の言葉を重ねる。

「確かに劣化は激しかったけれど、あれだけ古い紙なんて、普通に扱われていればとうの昔に破れるなり腐るなりして、とにかく今まで残っているはずがないんだよ。ましてやその内容は禁令が出された丹の生成法だ。普通は後世に残らない」

どう言えば伝わるかと考えながら、呈舜は己の考えを言葉にしていく。

「……あの紙片はね、多分ものすごく大切に保管されてきたんだ。その老女だけじゃなくて、その前の持ち主も、さらにその前の持ち主も。……ずっとずっと、何代も前の持ち主から、みんな大切に保管して、受け継いできたんだよ」

書は、確かに人よりも長く残る。だが七百年近い時を渡ることができる書は稀《まれ》だ。手厚く保護され、持ち主達に大切にされてきた書でも、七百年の時を渡ることができるかどうかは運次第だと呈舜は思う。宮廷書庫室に収められた書だって、呈舜達がいくら手厚く保護しても破損する時は破損して消えていくのだ。ましてや一度大々的に狩られた書物が生き残れることなどほとんどない。この紙片はたまたまここまで残ったのではなく、誰かの意志によって残された物なのだ。

その紙片がなぜ今この時に下穢宮《げわいきゅう》という場所で発見され、争いの元になどなっているのか。

そのことに、呈舜は引っかかりを覚える。

「何だかねぇ……。内容が分かりました、宝の地図ではありませんでした、それでも欲しいですか？　はい終わり、じゃ、済まないような気がするんだよねぇ……」

「『仕事はサボりたい、さっさと終わるならそれに越したことはない』って常々堂々と口にしてるあんたが、珍しいことを言うもんだな」

「時の流れと人の心がこもった代物だ。さすがに面倒だからって適当に扱おうとは思わないよ」

　よっこいしょ、と声を上げながら立ち上がった呈舜は、パタパタと衣の埃《ほこり》をはたきながら甜珪に答えた。だが呈舜が衣をはたき終わっても甜珪は険しい表情を浮かべている。

「そういう未榻君は、一体何に引っかかってるの？　ずっと難しい顔をしてるよね？」

　そんな甜珪に今度はこちらから問いを向けてみる。一層表情を険しくした甜珪は、それでも呈舜に答えようと視線を上げながら口を開いた。

　だがその表情がスッとかき消え、怜悧《れいり》な険が瞳《ひとみ》を埋める。

「みと…っ？」

　その変化に気付いた呈舜は思わず首を傾げる。

　だが首が完全に横へ傾くよりも、呈舜の視界が石床で埋め尽くされる方が早かった。甜珪に腕を取られて無理やり引き倒されたのだと分かった時には、背後で何か重たい物が通過した風切り音が耳を叩《たた》き、体は再び石床と熱い抱擁を交わしている。

「ヘブッ！　なっ、何すん」

　のっ！　と続くはずだった文句は、顔のすぐ傍《そば》に突き刺さった刃《やいば》によって切り裂かれた。

　慌てて背後に視線を投げれば、武器を持った大男を相手に甜珪が大立ち回りを演じている所だった。

半身に体を捌《さば》いて相手の斬撃を避《よ》けた甜珪は、男の手首を取ると相手の踏み込みを利用して武器を持った手首をねじり上げる。たまらず相手が武器を取り落とした瞬間、手首を摑《つか》んだまま軽やかに床を蹴《け》った甜珪が痛烈な回し蹴りを男の首筋に叩き込んでいた。さらに自身の回転を利用して反対側の踵《かかと》を男の後頭部に叩き付けると、男の体はあっけなく壁際まで吹き飛ばされる。気絶した男を難なく退場させた甜珪は、軽やかに廊下に降り立つと次なる標的を定めるかのように油断なく周囲に視線を配った。

引き倒されたのは敵の攻撃から庇《かば》われたから。顔のすぐ横に折れた剣が突き刺さったのは甜珪がその攻撃を返したから。

一瞬の立ち回りからそうなのだと理解はできたが、理解できたからといって状況が把握できたわけではない。サァッと血の気が引く音が聞こえるのみだ。

「固まってないでさっさと隠れろっ！」

そんな呈舜に甜珪は容赦のない蹴りを入れる。衝撃のままに転がればそこは柱の陰だった。そのすぐ背後で再び刃が振るわれる音が響く。安全地帯に退避させてくれたのだということは分かったが、何だか気分的に納得できない。

「未榻君っ！　大丈夫っ？」

呈舜は蹴られた脇腹をさすりながら声を上げる。その瞬間、呈舜が隠れた柱にドスッと刃が突き刺さった。甜珪が善戦しているためだと分かっているが、まるで狙われているかのように飛んでくる刃には肝が冷える。

——まさか、腹いせにわざとやってるんじゃないよね未榻君っ！

心の声を必死に呑み込んだ呈舜はソロリと柱の陰から顔をのぞかせた。

暗色の衣を纏《まと》い、揃いの頭巾《ずきん》で顔を隠した集団だった。全員で五人。そのうち二人がすでにのされていて、廊下に倒れ伏している。顔は見えないが、体格からして全員が日頃から体を鍛えている男だろう。油断なく甜珪を囲んだ三人はそれぞれ手に長剣を握りしめている。

——な、何とかしなきゃ……っ！　未榻君がいくら有能で戦える司書で最強の呪術師《じゅじゅつし》でも、武器を持った大男三人を相手に素手で立ち回るのは無謀だよ……っ！

呈舜は柱の陰に頭を引っ込めると左右に視線を走らせた。紫雲殿には見回りの兵が立てられているはずなのに、外廊下には衛兵と言わず人の姿自体がなかった。さっきまであれほど通行人がいたのにどうして、と歯噛《はが》みする呈舜の頭上で篝火《かがりび》だけが煌々《こうこう》と周囲を照らしている。

その薪《まき》がパチンッと弾《はじ》けた。

瞬間、呈舜の頭にもパチンッと策が弾ける。

考えるよりも早く息を吸い込んだ呈舜は、久し振りに腹の底から声を張った。

「火事だぁぁぁぁあああああああっ!!」

呈舜の渾身《こんしん》の叫びに、甜珪を囲んだ三人が凍り付く。

「火事だぁぁっ!! 火事だぞぉぉぉっ!! このままじゃ紫雲殿が焼け落ちそうだっ!! 誰か助けてくれぇぇぇぇっ!! かぁじぃだぁぁぁぁぁああああああっ!!」

なりふり構わず叫び続けると紫雲殿の空気がサワリと揺れるのが分かった。『火事』という叫びに反応した官吏達が呈舜の声を頼りに駆け付けようとしているらしい。

敵もその気配を察したのか、何事かを視線で打ち合わせた男達は倒れた仲間を抱え上げると闇の中へ消えていく。油断なく男達の姿を見送った甜珪は、男達の姿が消えてたっぷり数秒が経ってからようやく体の緊張を解いた。

「み……未榻くぅ〜ん……。お、終わったぁ〜……?」

緊張を解いてからも油断なく周囲に視線を走らせる甜珪に、呈舜はいまだに柱の陰に隠れたまま情けない声をかけた。

そんな呈舜を見た甜珪は、素早い足取りで呈舜に駆け寄るとそのまま傍らを通り過ぎ、通過するついでとばかりに呈舜の襟首をむんずっと捕獲する。甜珪の足はそのまま止まらないから、呈舜は自然と襟を締め上げられながら引きずられる形で連行されていく。それも、結構な速さで。

「イダッ！　痛《いだ》いっ！　苦《ぐる》しいっ！」

「るっせ、どうせ死なねぇんだからちょっと静かにしてろ」

――いやいやいやいやっ？　この勢いで引きずりながら石造りの階《きざはし》を駆け下りるって、もはやただの鬼の所業だからねっ？

『まさか僕のこと、殺しても死なない阿呆《あほう》だとか思ってるっ？』という言葉が胸中を跳ね回ったが、襟が喉《のど》元に刺さっている状態ではろくに声も出ない。呈舜の叫びで人が集まってきていて、ここに残ると厄介なことになるからなるべく可及的速やかに撤退したいのだという気持ちは分かるが、一々呈舜を引きずらなくてもいいではないかと声を大にして叫びたい。……もっとも、運動神経皆無な呈舜が自力で走るのと、甜珪が呈舜を引きずって走るのとでは、どちらが速いのか実に微妙な所ではあるのだが。

決して運動には向かない参内用の袍《ほう》に加えて呈舜という荷物を引きずっているとは思えない速さで書庫室までの道を駆け抜けた甜珪は、書庫室の扉を退魔術で開くと呈舜を中に放り込んだ。甜珪の暴挙によって散々体を痛めつけられた呈舜は、文句も言えないまま力なく書庫室の床の上を転がる。

甜珪はぴっちり書庫室の扉を締め切ると、扉に背を預けて深く息をついた。終始身のこなしは素早く隙がなかった甜珪だが、よく見ればその肩はわずかに上下している。いかに副業・呪術師として日常的に体を動かしている甜珪でも、一連の運動は軽いと言えるものではなかったのだろう。

「……未榻君が浮かない顔をしていたのは、こういうことを想定していたから？」

床に転がったまま痛みをやり過ごした呈舜は、床にのびたまま視線だけを甜珪に向ける。深く息をついて呼吸を整えた甜珪は、闇が支配する書庫室の中でも微《かす》かな煌《きら》めきを放つ瞳《ひとみ》で呈舜を見据えた。

「ここまでとは、正直思っていなかった」

「じゃあ、何を考えていたの？」

「あんたへの相談は、本当に下穢宮の人間が持ってきたものだったのだろうかと、話を聞いた当初から疑問に思っていた」

迷いを振り払った澱《よど》みのない声に、呈舜は思わず目を瞬《しばたた》かせた。

「……どういうこと？」

呈舜は実際に下穢宮に赴き、下穢宮での揉め事に首を突っ込むことになった。下穢宮のことに首を突っ込む宮廷人はいないと言っていいから、あの揉め事は下穢宮の人間でなければ知り得なかったことだ。呈舜の行動にピタリとはまるように起きていた殴り合いといい、下穢宮の関係者が相談を寄越《よこ》したとしか呈舜には思えないのだが、その考えに甜珪は静かに首を横に振る。

「そもそも下穢宮の人間は、簡単に外へ助けを求めはしない。下穢宮の管理を形式的に任されているのは刑部《けいぶ》だが、その刑部だって下穢宮を顧みることはないと、下穢宮に住む人間は知っている。だからあの中だけで自治が行われるようになったんだ。……あそこにいるのは見下され、差別され、曰《いわ》くを付けられた人間ばかり。助けを求めた所で、『外』が応じてくれる可能性は低い。……それを分かっている人間が、わざわざあの距離と、周囲の視線を潜《くぐ》り抜けてでも、御意見番に助けを求めようと思うか？　それも、こんな曖昧《あいまい》なやり方で」

　その言葉にはっと呈舜は目を瞠《みは》った。

　下穢宮は、宮城の貧民街。舎殿の中となれば、そこに住むのは幽閉に処された重罪人とその関係者だ。宮城の人間は、誰もが『下穢宮』に蔑《さげす》みの目を向け、関わりを避ける。

　煌《きら》びやかな宮城の中でみすぼらしい格好をした人間がいたら、まず間違いなく周囲は下穢宮の人間だと考える。次いで向けられるのは、日頃の鬱憤《うっぷん》を乗せた謂《い》われない蔑みや暴力だ。汚物処理や遺体処理を請け負う下穢宮の住人は、仕事で外へ出るたびに向けられる蔑みと闘っている。

『外』の住人は、下穢宮の人間を、決して助けはしない。

その現状を一番知っているのは、下穢宮に住む住人当人だ。そんな人間がわざわざこんな手間のかかったことをして御意見番に依頼を出すとは思えないと甜珪は言っているのだ。

「下穢宮からの結び文と聞いた時、まずそこに引っかかった。もしかしたらその文を書いた人間は、下穢宮の住人ではないんじゃないかとな」

「で、でも……！　下穢宮の人間からの文じゃなかったら、誰が何のためにこんなこと……」

「その紙切れを、下穢宮の外へ持ち出してもらうため、だったとしたらどうだ？」

甜珪がスッと腕を伸ばして呈舜の懐にある紙片を指し示す。空気の流れでその動きを感じ取った呈舜は思わず体を伏せたまま懐の紙片に手を当てた。

「下穢宮は、そういう土地柄だ。『外』の人間が訪れれば、必ず人目を引く。周囲の人間に知られることなく、『外』の人間が下穢宮の中にある物を手に入れたいとしたら、誰かに下穢宮から自然な形でその紙切れを持ち出してもらって、外で受け取るのが得策だ。持ってきてもらうか、奪うか、その二択ってとこだろ。その『誰か』が読みづらい文字を翻訳してくれたりしたら一石二鳥だ」

「そ、それで僕に白羽の矢が立てられたっていうの？　そんなに簡単に事を運ぶことなんてできる？」

「できるだろ。宮中でも『書馬鹿』と名高いあんたが相手なら」

「…………」

なんだか思いっきり馬鹿にされた気がするのだが、残念ながら反論の言葉が見つからない。むしろ『そうかもしれない』と胸中にいるもう一人の自分がやけに納得した声を上げている。

雅《みやび》やかな形で現れた相談の文。中身は書家ならば誰でも興味を引かれるであろう非常用書体。相手が呈舜を『書馬鹿』として認知していたならば、これで呈舜を釣ることができると確信を抱いていたはずだ。ついでに呈舜の壊滅的な運動神経のなさを知っていれば、襲撃にそこまで人を割かなくてもいいと考えていたのかもしれない。

「で、でも、そもそもなんで相手はこの紙片の存在を知っていたの？　この紙片の内容を知っていたから欲したの？　それとも、相手もやっぱり『仙人の宝物』狙い？　下穢宮の中でこれを巡って争いになってるって、外の人間がどうやって知ったわけ？　もしかして坊頭《ぼうとう》も黒幕の一味ってこと？　相手は何者なんだい？」

「……あんた、少しは自分で考えようとは思わないのか？」

「いや、だって未榻君の方が色々見通せてそうだし……」

「何でもすぐに分かるんだったら、苦労なんて誰もしない」

深く溜《た》め息をついた甜珪は体の反動を使って扉から体を引き離したようだった。『え？　未榻君でも苦労ってするの？』という言葉が喉から出かけたが、呈舜は両手で口を封鎖してかろうじてその言葉を呑《の》み込む。

『何で存在を知っていたのか』……そんなもん知らん。『内容を知っていて欲したのか』……まぁ、漠然と知っていたからこそ、ここまでして手に入れようとしてんじゃねぇの か？『仙人の宝物狙いじゃないのか』……案外、その可能性も無《な》きにしも非《あら》ずだな。『外の人間がどうやって揉《も》め事を知ったのか』……順当に考えれば、下穢宮を管理している人間と繋《つな》がりがあるんだろ。案外、坊頭をけしかけて揉め事を作ったのがそもそもその黒幕である可能性だってある。『もしかして坊頭は黒幕の一味か？』……むしろそっちの方がスッキリして分かりやすいな。そして『黒幕は誰か』だが……」

一度はつれなく呈舜の言葉をバッサリ切り裂いたくせに、甜珪は律儀に一つずつ呈舜の疑問に己の考えを述べる。

——未榻君って反応がつれないわりに、結構律儀なんだよね。

呪術師は地脈と霊力の他に言霊の力も操るし、そこが関係しているのかなぁー、と思いながらも、甜珪のそんな律儀さを呈舜は結構尊敬している。

そんなことを思いながら無防備に甜珪を見上げていたものだから、カッと周囲がいきなり明るくなった瞬間、呈舜の視界は真っ白に焼き尽くされた。

「ぬぁっ！」

「それが分かったら、グダグダ言わねぇで殴り込みに行ってるに決まってんだろ」

呪符《じゅふ》を指の間に挟み、書庫室に熱を伴わない光を灯《とも》した甜珪は、この上なく不機嫌そうな……というよりは、この上なく物騒な顔で呈舜のことを見下ろしていた。

「ったくクソ面倒なことに巻き込まれやがって。この一件、当初のあんたが思っていた以上に根は深いぞ。こんなことにかかずらってたら、一向に仕事が片付かねぇじゃねぇかっ！」

甜珪がビッと指を向けた先には呈舜の定位置である卓がある。……あるのだが、その卓は気が遠くなるほど積み上げられた書類に半ば埋もれかけていた。

「こうなったら迅速な解決のために俺も協力してやる。とりあえず明日《あした》にはあんたの護衛として役に立ちそうな人間を連れてきてやるから、それまではここで書類でも片付けてろ」

「は……え？　いや、僕、今日は官舎の方の部屋に帰って休みたい……」

「雑多な人間が出入りする場所はそれだけ襲撃に遭いやすい。俺が外から結界を張ってやるから、今日はここに籠城《ろうじょう》しろ。ちょうどいいから仕事も片付けておけ」

「えぇっ？　僕、これから四六時中黒幕さんからの襲撃にさらされるっていうのかいっ？」

「紫雲殿であんな目に遭ったのに、何であれで終わりだと思ってんだ？　次に襲われた時に素直に紙切れを差し出せば、もしかしたら事は終わるかもしれねぇが……」

「それは却下っ！」

呈舜は瞳《ひとみ》に力を込めるとキッと甜珪を睨《にら》み付けた。床に転がったままだから様にはならないが、それでもありったけの力を込めて甜珪を見据える。

「あんなことをしてくるやつらが、この紙片を大切にしてくれるとは思えないし、まともなことに使うとも思えない。書庫室を預かる宮廷書庫室書庫長として、書に乗せられてきた代々の所有者の想いを蔑《ないがし》ろにするような行動はしないよっ！」

呈舜は、『仕事』と名の付くものが、一律して嫌いだ。できれば仕事なんかしないでずっと趣味の書に走っていたいし、多分自分が霞《かすみ》を食べて生きていける体質だったらそもそも仕事なんてしていなかったと思う。面倒事だって嫌いだ。そもそも仕事が嫌いな理由だって『面倒臭いから』である。

だけど、面倒臭くても、人の想いは……その想いを乗せて運んできた品物は、蔑ろにしたくないと思っている。面倒臭くても書庫長という官位を返上しないのは、その想いを守れる力と立場がそこにあるからだ。守るべき書とその書に乗っている想いが、宮廷書庫室の中にはあふれているからだ。

この紙片のことも、守るべき想いを乗せてきた小さな草舟だと呈舜は思っている。何かの縁で呈舜の元にやってきた『相談事』だ。自分が適当な人間だという自覚はあるが、簡単に放り出してはいけない重みと意地を呈舜は確かにこの紙片に感じている。

──未榻君は僕に仕事をさせるためなら『放り出せ』って言うのかもしれないけど……

っ！

「……あんたなら、そう言うと思った」

ふと、柔らかい声が、呈舜の耳に届いた。

え、と思った瞬間、すでに甜珪は扉の前から身を翻している。呈舜に背中を向けて扉を開いた甜珪の横顔は、滅多に見られない表情に彩られていた。

「貴方《あなた》のそういう所は、一応尊敬してますよ」

ヒラリと後ろ手で手を振った甜珪は、そのまま扉の向こうに姿を消す。

──今、未榻君、ほんのり笑ってた？

ハタハタと目を瞬《しばたた》かせた時には書庫室の扉は完全に閉ざされ、カシャリと鍵《かぎ》がしまる音が響いていた。さらには扉の周囲を淡く燐光《りんこう》が舞い、どこからともなく漂ってきた黄金の糸が扉同士を縫い付けるかのように絡み付いていく。

「……ってこれまさか結界っ？」

甜珪が零《こぼ》した滅多に拝めない柔らかな笑みに魂を抜かれていた呈舜はようやくここで我に返った。慌てて跳ね起き扉にすがりつくが、押せども引けども扉はピクリとも動こうとしない。

「ま、まさかこの結界……外から入れないだけじゃなくて、中からも開けない……？」

呈舜は首をカクカク言わせながら背後を振り返る。甜珪が残していった光球が照らす先には、書類で埋もれた卓が鎮座ましましている。

「う……嘘《うそ》でしょ……？」

『一晩徹夜で仕事したごときじゃ死なねぇだろ、あんた』という甜珪の声を聞いたような気がした呈舜は、ガクリと項垂《うなだ》れるとその場にうずくまった。

## 《参》　仙禍暗雲　総じて懐古

『退魔師《たいまし》』というのは妖怪《ようかい》を滅する力を持った者の総称で、大きく分けると二種類の職が存在する。

一つは呪術師。己の霊力を以《も》って地脈の力を引き出し、退魔術を用いて妖怪と戦う存在だ。

そしてもう一つが追打《ついだ》。追打棒と呼ばれる六尺棒に似た武具を使い、武を以って妖怪と戦う存在である。

この両者は基本的に一対一の相方関係を結んで退魔にあたることが多い。呪術師は呪術的な攻撃から追打を守り、追打は物理的な攻撃から呪術師を守る。互いに互いの弱点を補完しながら戦うのだ。追打が持つ追打棒に霊力を込めて戦う力を授けるのが呪術師であり、呪術師が退魔術を仕掛けられるように妖怪を追い詰めるのが追打であるため、互いに互いの命を預けあって捕物現場に立っているという側面もあるらしい。共に互いの力を引き出しあい、息の合った戦いを見せる一対は『龍虎《りゅうこ》の退魔師』と称され、相方を持つ退魔師達は日々この龍虎を目指して切磋琢磨《せっさたくま》しているそうだ。

呈舜《ていしゅん》の部下である未榻甜珪《みとうてんけい》も、相方関係を結んでいる相手がいる。未榻甜珪単独でも名高い呪術師であるのだが、一対の片翼としても甜珪は名を馳《は》せているらしく『当代龍虎』や『一対菊花』と言えばこの一対を指すとまで言われているらしい。

——ということに、もっと早く思い至っておくべきだった……っ！

「初めましてっ」

柔らかな朝日が差し込む宮廷書庫室。昨夜、渋々卓に向き合ったものの即刻寝落ちしていた呈舜は、今朝出仕してきた甜珪の容赦のない拳《こぶし》で目を覚ました。

そして今は新たな来客を前に引きつった笑みを浮かべ、ダラダラと冷や汗を流している。

「甜け……未榻先輩がいつもお世話になってますっ」

いつも通り参内用の深緑の袍《ほう》に身を包んだ甜珪の後ろからピョコリと飛び出してきたのは、こんな薄暗い書庫室に招くのも申し訳ないほど可憐《かれん》な美少女だった。

甜珪より頭半分ほど小さな背丈に腰下まで流れる黒髪、玉のように白い肌はどこからどう見ても深窓の姫君にしか見えない。だが少女は美しい黒髪をキリッと後ろの高い位置で一つに結わえ、七分袖《そで》の小袖に細身の袴《はかま》という身軽な装束を纏《まと》い、両腕には籠手《こて》、足元は深布靴という何とも勇ましい姿に身を固めていた。全体的に装束は青で揃えられていて、緑の袍を纏っていても全体的に赤みが強い甜珪とは対照的な印象を受ける。

寝起きの頭で『はて、この美少女は……？』と考えていた呈舜は、その『青』という色で一気に目が覚めた。

玻麗《はれい》において『青』とは、とある貴族家を象徴する重要な色だ。皇帝さえもその一族に遠慮して纏うことを控えると言われている青をここまで堂々と身に纏う人間は限られている。

世捨て人と言ってもいいほど世間に関心のない呈舜だが、『御意見番』と呼ばれるくらいには宮廷で生きてきた時間は長い。もちろんその一門のことも呈舜は承知している。だからこそ繰り出された直立不動からの揖礼《ゆうれい》、かつ冷や汗である。

そんな呈舜の反応に気付いていない少女は、花がほころぶような笑みを呈舜に向けると何の気負いもなく己の正体を明かした。

「胡吊祇《うつりぎ》玲鈴《れいりん》と申します。未榻先輩の相方を務める追打です。未熟な身ですが精一杯護衛に励みますので、どうぞよろしくお引き回し下さいっ」

「こ、ここここちらこそ、おおおおおお目にかかれて光栄でございますっ！」

――でもまさか護衛役として胡吊祇の二の姫様を連れてくるなんて普通は思わないでしょっ！

甜珪の相方は、この玻麗と歴史を共にするとまで言われている名門貴族家の直系姫なのである。

呈舜の記憶が正しければ、玲鈴の父は胡吊祇本家当主である中書《ちゅうしょ》省内史令・胡吊祇藍《らん》宵《しょう》。姉は東宮正妃である景丹《けいに》殿瑛鈴《でんようりん》。本来ならば呈舜など逆立ちしてもお目にかかることなどできない、正真正銘、この国一の深窓の姫君なのだ。

なぜそんな彼女が追打などという危険なことをしているのか、そもそもそれを一族は許しているのか、なぜド庶民であるはずの甜珪と相方を組んでいるのか、呈舜にはサッパリ分からない。

「胡吊祇、普段こいつの世話をしてるのは俺の方だ。俺はあんまりそいつのお世話にはなってない」

その当の甜珪はというと、二人を放置してスタスタと書庫室の中へ歩を進めている。どうやらいつも通り風を入れるために高窓と通用口を開けて回るつもりらしい。貴族令嬢を、しかもこんなに可憐で下級官吏である呈舜にも丁寧に接してくれる玲鈴を放置していつも通り仕事をしようとする甜珪の精神が、まったくもって呈舜には理解できない。

「あ。未榻先輩、お手伝いしましょうか？」

「いいのか？　風通し用の高窓と通用口を開けて回るんだが……。窓開け用の棒を使っても、お前の身長じゃ届くかどうか微妙だな」

「追打棒を使えば、その棒より長いから届くと思うよ」

「そうか。じゃあお前は左回りで……」

おまけに何やら、ごく自然に書庫室の仕事まで手伝わせようとしているではないか。

「ちょっ、ちょちょちょちょ、みとーくーんっ！」

呈舜は慌てて甜珪を捕獲すると書庫室の隅に連行した。そんな二人に玲鈴は小首を傾げるが、甜珪が何やら手で合図をすると楽しそうに窓開けに戻っていく。

「ちょっと未榻君っ！　胡吊祇の二の姫様を巻き込むなんて聞いてないよっ！　僕昨日お風呂《ふろ》にも入れてないのにっ！」

「別にいいだろ。あんた、普段から適当な格好しかしてねぇんだから」

「ひっど……っ！」

ひそひそと呈舜が苦言を呈すると、甜珪も声音を合わせて囁《ささや》き声で返してきた。常にない呈舜の剣幕に若干引いているのか、甜珪の物腰が何となくいつもより弱い。

「確かにあいつはれっきとした胡吊祇本家の姫だが、追打として動いている時はただの『玲鈴』だ。腕と度胸は俺の折り紙付きだし、貴族的な繋《つな》がりはあの紙切れを調査する時に役に立つ。何よりあいつはこの世で一番信頼できる人間だ」

「でも……っ！　万が一、二の姫様に何かあったら責任問題……っ！」

「あいつの身に起こったことは、あいつ自身が責任を取る。あいつのその覚悟は、藍宵様もご存じだ。承知した上であいつの好きにさせている」

だがその弱さは、次に言葉を紡いだ時には綺麗《きれい》にかき消えていた。

常に言葉が強く鋭い甜珪だが、呈舜の言葉を遮った声はいつになく鋭さが増していた。

思わず不安に動かされる口を閉じると、甜珪は厳しさを残したまま表情を排した顔で瞳《ひとみ》を伏せる。

「それに、あいつのことは、俺が守る。万が一なんてことにはさせない」

──そういえば、未榻君と二の姫様って、幼馴染《おさななじみ》なんだっけ？

その静かな雰囲気の中に常以上の『覚悟』を見た呈舜は、口にするはずだった不安を全部どこかに忘れてしまった。自分にも他人にも常に厳しい甜珪だが、今はそれ以上の何かが甜珪の中にある。

──これは、僕じゃ簡単に踏み込めない領域みたいだ。

呈舜は小さく息をついて甜珪に折れる考えを表した。それが甜珪にも伝わったのだろう。

瞳を上げた甜珪の表情はすでに普段通りに戻っている。

「あいつのことは、『二の姫』じゃなくて『玲鈴』と名前で呼んでやってくれ。今のあいつは、『胡吊祇』でも『二の姫』でもなく、『玲鈴』なんだから」

「かく言う未榻君はさっき『胡吊祇』って名字で呼んでなかった？」

「俺の場合は、退魔師としての線引きの一つだ。追打としてあいつを扱う時は『胡吊祇』と呼ぶことにしている」

何でも、家名が一切通じない完全実力主義の世界である祓魔寮《ふつまりょう》に玲鈴が飛び込んできた時、二人で決めた取り決めであるらしい。『互いに幼馴染であっても贔屓《ひいき》はしない』ということを、甜珪側からは『胡吊祇』という名字呼び、玲鈴側からは『未榻先輩』という呼称と敬語を使うことで周囲に示して、必要以上に周囲のやっかみを受けないようにしてきたという。甜珪曰《いわ》く『一定以上の効果はあった』とのことで、今でも二人は私的な場面では互いに名前呼びと砕けた口調、退魔師として動いている時は名字呼びと玲鈴からの敬語という二つの振る舞いを使い分けているらしい。

──なるほど。そこにも僕が踏み込めない領域があるわけね。

だからさっきも中途半端に敬語の部分があったのか、と納得した呈舜は、もう一つの疑問を口に出した。

「最後に一つだけ質問いい？　未榻君、普通に喧嘩《けんか》も強いのに、追打って必要なの？　未榻君一人で兼任できるんじゃない？」

「人間相手の喧嘩と妖怪相手の喧嘩じゃ勝手が違う。妖怪相手の物理勝負の喧嘩だったら、俺よりあいつの方が普通に強い」

呆《あき》れを顔に浮かべながらも律儀に答えた甜珪は『話はここまで』というように身を翻す。しばらく呈舜はその後ろ姿を視線で追っていたのだが、甜珪が書棚の森の中に入ってしまうとその姿も追えなくなった。

──これは真面目に短期決戦に持ち込まないと色々大変だな……

何せ部外者である玲鈴まで巻き込んでしまったのだ。これでウダウダといつまでも事態が進行しなかったら余計に甜珪を怒らせそうな気がする。

「未榻君、ひとまず下穢宮《げわいきゅう》の当事者達に解読した結果を伝えて、そのついでに老女の身元を調べてみようと思うんだ。あとちょっと、絡んできた坊頭《ぼうとう》にもそれとなく探りを入れたい」

呈舜が甜珪にそう切り出したのは、ひとまず即急に必要な書類に判を押し終わり、仕事に第一の区切りをつけてからだった。

己の仕事を片付けつつ玲鈴に簡単な仕事を手伝わせていた甜珪は、その言葉に軽く頷《うなず》き玲鈴に視線を向ける。甜珪からすでにある程度の説明を受けているのか、玲鈴は頷き返して自分も同行する意思を示した。

身軽な二人がテキパキと外出の準備を整えてくれたおかげで、一行は呈舜が下穢宮行きを口にしてからさほど時を置かずに書庫室を出発していた。

＊・＊・＊

「何から手を付ければいいのか考えてみたんだけどね。ひとまずはその老女が何者であったかを知るべきかなと思ったんだ。老女の来歴が分かれば、あの紙片がどこからもたらされた物か、手掛かりが得られると思ってね」

「丹《タン》の繋がりから、黒幕の方へは探れそうにないのか？　丹について探り回っている人間がいたら、こっちにも関わっていそうな気がするんだが」

「結局、あの紙片を『仙人の宝物が納められた場所を示す地図』として欲しているのか、『丹の生成方法』として欲しているのか分からないだろう？　僕達は解読したからあれが丹の生成方法だと知っているけれど、相手がそうとは限らない。決めつけるのは早計だと思うんだ」

「なるほど」

呈舜と甜珪が並んで前を歩き、数歩離れた後ろに玲鈴が続く。書庫室で窓開けを手伝っていた時には持っていた追打棒をどこへやったのか、二人の後ろに続く玲鈴は手ぶらのまま後ろで手を組むと楽しそうに二人の会話に耳を澄ませているようだった。

「下穢宮で僕に因縁をつけてきた人間は、黒幕が金で雇った人間かもしれないし、坊頭の仲間かもしれない。もしかしたら本当に関係ない人間が金品目当てで目を付けたのかもしれない。でも、紫雲殿《しうんでん》で僕達を襲ってきた人間は、明らかに黒幕の私兵だと思うんだよね。きちんと訓練を積んだ、戦う技術を持った人間達だったもの」

「あるいは、軍部の人間を私的に動かすことができるか、だな」

「あー、そういえばあの坊頭、『玄月《げんげつ》様が軍部で鳴らした腕で』とか啖呵《たんか》切ってたし、軍部に繋がりがあるのかもしれないのかー……。やだなぁ、物騒で」

「どちらかと言えば高級官僚が絡んでいた方が物騒だと思うがな。そういう輩《やから》の方が色々やり方がえげつない」

「うーわ、未榻君がそう言うと笑えないよ」

「まぁ、決めつけから入るのは良くないと思うけどな」

軽口を叩《たた》きながら内朝をグルリと取り囲む通路に出て、後宮を囲む堅牢《けんろう》な塀沿いを進む。

後宮の裏手に広がる森を抜けた先が下穢宮と呼ばれる一帯だ。

「後宮と言えば、未榻君知ってる？　先々帝の時代の後宮に『薬妃《やくひ》』って呼ばれた御妃《きさき》様がいたっていう話」

「薬妃？」

「そう。名前のまんま、薬師の御妃様だったらしいよ」

「初めて聞いた。また何で薬師が妃に？」

本当に初耳だったのか、軽く目を見開いた甜珪は後ろに視線を投げた。どうやら玲鈴に『知ってたか？』と視線だけで訊《たず》ねたらしい。それを受けた玲鈴は少し宙を見上げて記憶を辿《たど》ると自信がなさそうに唇を開く。

「えーっと……芙蓉《ふよう》殿の三代前の主《あるじ》が、異国渡りの薬師の妃、だったような……」

「芙蓉殿？」

「後宮でも格の低い舎殿で、正后《せいごう》が住む牡丹《ぼたん》殿から大分離れた場所にある、すごく小さな舎殿だよ」

「？　正妃が住むのは景丹殿じゃないのか？」

「景丹殿は東宮殿下の正妃が住む舎殿なの。東宮殿下の後宮の舎殿だから、場所が違うんだよ」

さすがは玻麗一の貴族と呼ばれる胡吊祇家の直系姫というべきか、玲鈴は甜珪の疑問によどみなく答えた。対する甜珪は特に興味がないのか、あまり知識がない上に今一反応も薄い。どの分野においても博識だと思っていた甜珪にも苦手分野があったのかと、呈舜は新たな発見とともに二人のやり取りを眺めた。

「で、唐突にどうしたんだ？　その『薬妃』と今回の一件、何か関係があるのか？」

甜珪が視線を呈舜に戻すとスッと玲鈴は身を引いた。幼馴染としての玲鈴は甜珪の疑問に気軽に答えるが、追打として護衛に励む玲鈴は二人からは一歩引いて接するという線引きが一つ見えたような気がする。……どの場所に引かれているのかまでは、相変わらず呈舜には分からないのだが。

「いや、このガッチリ囲まれた塀、後宮も下穢宮も似たような物だなって思ってたんだけど……」

いまだに果ての見えない高い築地塀《ついじべい》の先を眺めながら、呈舜はふと思い出したことを甜珪に告げた。

「その薬妃が最期を迎えたのが、下穢宮だったたなと思って」

「幽閉されていたのか？」

「うん。下穢宮の先々代の主が、確か薬妃だったんだ」

「なんでまた？」

「噂《うわさ》では、当時の東宮……今でいう先帝陛下を毒殺しようとしただとか」

もはや時が経ちすぎて、正確なことは分からない。本当に毒殺しようとしたのかもしれないし、治療しようとしていたのを誤解されたのかもしれない。あるいは誰かに濡れ衣《ぬれぎぬ》を着せられて追い落とされたか。

ただ。

「……そんなことをしそうな人には、見えなかったんだけどなぁ……」

呈舜は内心のもやっとしたものをポロリと言葉にして吐き出した。

そんな呈舜の言葉に、今度は甜珪が首を傾げる。

「まるで薬妃を直接知っているかのような言い方だな？」

「え……えっ？　や、やだなぁ、未榻君。薬妃はもう六十年は前の御妃様だよ？　僕が直《じか》に知ってるわけがないじゃないか」

呈舜は意味もなく両手をバタつかせながら甜珪の言葉を否定した。そんな呈舜に甜珪はしばしジトッとした視線を注ぐ。甜珪が時折向けてくるこのじっとりしているくせに何かを量っているかのような鋭さを秘めた瞳《ひとみ》が、呈舜はほんのり苦手だ。

「ちょっと文献でかじったことがあってさ。薬師としてこの国に招かれて、その腕と美貌《びぼう》に惚《ほ》れ込まれて後宮に迎え入れられたものの不遇を託《かこ》った妃って、何かの物語にでも出てきそうな経歴だなぁと思ったから覚えていただけで……」

その視線から逃げたい一心で呈舜はさらに言葉を重ねる。

だがその言葉は、思いもよらず甜珪の心に影を落としたようだった。

「……落とされた鳥、だな」

呈舜から視線をそらした瞳に、ふっと影がかかる。思わぬ変化に『え？』と思った時には、ほとんど聞き取れないような声音で甜珪が何かを囁《ささや》いていた。思わず反射的に何を言ったのかと訊《き》き返そうとしたが、一度ゆっくりと瞬《まばた》きをした甜珪がいつもと変わらない表情になって唇を開く方がわずかに早い。

「そういう不真面目な調べ物に現《うつつ》を抜かしているくらいなら、もっとキリキリ働いてほしいもんだな」

そんな風にいつもと変わらない口調で返してきた甜珪は、そのままスタスタと歩を進め続ける。呈舜は何か気の利いた反撃を用意したかったが、結局何も思いつかずに終わってしまった。玲鈴も口を開かないから、三人も人がいるのに黙々とひたすら無言で足を進めることになる。

「ほー、ここが噂の」

結局一行の間に再び会話が生まれたのは、下穢宮に足を踏み入れてからだった。

森が途切れた先に広がるあばら屋達と、さらにその向こうにそびえる堅牢な塀を眺めた甜珪が、理知的な瞳にわずかに好奇の色を乗せて一帯に視線を走らせる。

「未榻君は、ここに来るのは初めて？」

「ああ。用事がないと近付かない場所だからな」

その答えを聞いた呈舜は甜珪を追い越して一行の先頭に出た。そんな呈舜を見た甜珪は、自分が知っている以上に呈舜が下穢宮に慣れていることを覚《さと》ったのだろう。先を進む呈舜の後ろに甜珪が続き、さらにその後ろに玲鈴が続く。

あばら屋が密集する辺りに足を踏み入れても周囲に人影は見えなかった。この間が例外だっただけで、これが普段の下穢宮の姿なのだ。働ける者は『外』に働きに出ているし、それ以外の住人は余所者《よそもの》を警戒して住処《すみか》の中へ姿を隠す。

だが、見知らぬ来訪者へ注がれる視線が、皆無であるわけではない。

「再訪の具体的な日取りを決めていないだろうに、いきなり行ってどうやって当人達に再会するのかと疑問に思っていたんだが」

呈舜で気付く視線に、普段捕物で命を張っている二人が気付かないはずがない。自然体のまま呈舜の後ろを進む甜珪が平静そのものの声を上げる。

「なるほど。これなら特に約束の必要もないわけか」

「そーゆーこと」

そんな甜珪に軽く答えてから呈舜は声を張り上げた。

「先日、喧嘩《けんか》の仲裁に伺った御意見番です！　当人達にお伝えしたいことがあって来ました！　どなたか烏多《うた》さんと左京《さきょう》坊頭の玄月殿にこのことをお伝え頂けませんかっ？」

呈舜が上げた声はしばらく空気を震わせると返事がないまま消えていく。だが返事がない代わりにサワリと周囲の空気が揺れた。その微《かす》かな揺れは一行を中心に波紋を描くように広がっていく。

「しばらくここで待つか」

「そうだね。そんなに長くはかからないはずだし」

甜珪の呟《つぶや》きに呈舜は気楽に答えた。自分一人ならいつカツアゲに遭うかとビクビク怯《おび》えて待つことになるが、今日は甜珪と玲鈴が一緒だ。身の安全は保障されているから、暢気《のんき》に構えて待っていることができる。

「おー！　ほんとにいやがる！」

案の定、二人が周囲に鋭く視線を向けてくれていたおかげで、呈舜は誰にも絡まれることなく目的の人物と再会することができた。

「約束っていうのは、守るためにするものじゃないか」

「いや、『外』の人間が俺達と対等に約束をしてくれることなんて、まずないことだからよ。今回も取られるだけ取られて返ってこねぇんじゃねぇかって、半ば諦《あきら》めてたんだ」

あばら屋の向こうから現れた烏多は嬉《うれ》しそうにはにかみながら一行の前に立った。しばらく時を置いたおかげか、玄月に殴られて腫《は》れていた顔はだいぶ良くなっている。思っていたよりも人懐っこい顔に再会を喜ぶ笑みを乗せる烏多を見て、とりあえず怪我が酷《ひど》くなかったことに呈舜は胸をなでおろした。そんな烏多の後ろにひょこひょこと姿を現した野次馬の中には、殴り合いの仲裁に手を貸してくれた男達や、呈舜に事情説明をしてくれた青年の姿も見える。

「それで？　分かったのかい？　本当に仙人の宝物が納められた場所を示す地図なのか」

「うん。だから説明に来たんだけど……。玄月殿は？」

だが呈舜が周囲を見回してみても、玄月と取り巻き達の姿は見えなかった。集まったのは烏多とその仲間達だけだ。

「あー……。捜したんだけど、見つからなかったんだ」

呈舜の疑問に答えたのは、烏多ではなくこの間事情説明をしてくれた青年だった。今更ながら改めて名前を問うと『火加《かか》』だと教えてくれる。

「心当たりの場所はみんなで捜したんだけど……。あいつも同席してないと、話してもらえないのかい？」

「いや、その方が平等かなって思ったのと、説明が一度で済んだら楽だなっていうこっちの都合だよ。そういうことならまず、ここにいるみんなに説明させてもらおうかな。……ところで烏多さん達って字読める？」

「字が読めるやつは、こんな所で荼毘《だび》の火の番なんざやってねぇよ」

「了解。じゃあ口頭で説明させてもらうね」

事前確認を終えた呈舜は『ンンッ！』と咳払《せきばら》いをすると威儀を正した。甜珪と玲鈴はそんな呈舜を邪魔しないように後ろへ下がっている。

そんな一行を見回し、懐から甜珪が復元してくれた件《くだん》の紙片を取り出して呈舜は再び口を開いた。

「結論から言うとね。これは、宝の地図なんかじゃなかった。丹《タン》っていう薬の原材料名と、生成手順の最初の方が書かれていたんだ」

「丹？」

「丹ってあれかい？　飲むと不老不死になれるっていう」

「そう。そもそもこれは、七百年くらい前に播華国《ばんかこく》っていう玻麗の北隣にあった国で書かれた薬学書の一片だったみたいで……」

復元した紙片から読み取った文字の特徴で書かれた時代と国が特定できたこと、内容を読み解いて書かれている単語が何らかの薬の材料であることが分かったこと、それを元に医局に問い合わせた所、丹の生成方法だろうという意見をもらえたことなどを呈舜はかいつまんで一行に語った。

　呈舜の分かりやすい説明に耳を傾けていた一行は、呈舜が説明を終えると感心とも驚きとも言える表情を見せた。だがその中に漂うわずかな困惑を見抜いた呈舜はわずかに首を傾げながら一行に問いを向ける。

「僕に分かったことはここまでだけど、何か質問はある？」

「いや、質問ってわけじゃねーんだけど……」

　口を開いたのは烏多だった。何となく腑《ふ》に落ちないという顔をしていた烏多は、ポリポリと頬を掻《か》きながら呈舜に疑問を向ける。

「なんで婆《ばあ》さんはそんな古い……薬学書？　の切れ端を後生大事に持ってたんだ？　宝の地図でも何でもなかったっつーのに」

「うーん、そこは僕にも分からないんだよねぇ。薬学書だと知っていたのか、宝の地図と信じていたのかも分からないし」

　腕を組みながら素直に答えた呈舜は、逆に烏多へ質問を返した。

「そのお婆さんって、どんな人だったの？　ちょっと呆《ぼ》けが入ってて高齢だったってことは聞いたけど。いつ頃からここにいたとか、ここに来る前はどこにいたとか、特技は何だったかとか、小さなことでも何でもいいんだけども」

「どんなって……」

烏多は困ったように眉《まゆ》をひそめると自分の背後を振り返る。その視線を受けた野次馬達がわらわらと前へ出てきた。

「普通って言うにはちょっと歳喰《としく》い過ぎた婆さんだったよな」

「出かけてる姿を見たことがないから、何か仕事をしていたわけじゃないと思うわ」

「俺達が気付いた時には、もうここに住んでたよな」

「呆けてて誰も相手にしたくなかったからいつも一人だったってーのもあるだろうけど、ありゃ元々人嫌いだったんじゃねぇかな。自分の住処に引き籠《こも》ってて、あんまり表に出てくるような人間じゃなかったから」

やいのやいのと野次馬達は自分達が覚えていることを語り出した。そんな光景に後ろに立つ甜珪が少し驚いているのが分かる。さっきまで警戒の視線を向けていた下穢宮の住人達がこんなに簡単に口を開いてくれるとは思っていなかったのだろう。

——誠意を以《も》って接すれば、心を開いてくれる人もいるってことだよ、未榻君。

それでも下穢宮の人間全員がこういう気性であるわけではないだろう。人嫌いで痴呆《ちほう》の入った老女がこんな場所でも生きていられたのは、こういう場所に在りながらも人の心を失っていない住人達が傍《そば》にいてくれたおかげなのかもしれない。

「あ。もしかしたらあのお婆ちゃん、元々宮女だったのかもしれないわ」

パチン！　と手を叩《たた》いた少女が口を開いたのは、呈舜がそんなことを思った瞬間だった。

「私、お婆ちゃんの隣の家に住んでいて、遺品の分け前で古着をもらったの。その古着、とても古い物だったけれど、綺麗《きれい》に取ってあったわ。それが、お妃《きさき》様達にお仕えする宮女さん達の衣装にとてもよく似ているの」

「え？　それ本当っ？」

思わぬ情報に呈舜は思わず少女の方へ身を乗り出す。少女はそんな呈舜にひるむことなく、逆に身を乗り出して力強く頷《うなず》いた。

「うん！　あたし、後宮の端女《はしため》をしているの。あたしの仕事は宮女の方々の衣装の洗濯。衣装そのものは見慣れているし、それを着ている方々だってよく見ているわ。少し形は今の服と違うけれど、あれは宮女の方の装束に間違いないと思うの！」

そんな少女に頷き返して呈舜はチラリと甜珪に視線を走らせる。何事かを思案していた甜珪は呈舜の視線を受けるとそのまま玲鈴へ目配せを送った。それだけで甜珪の考えを理解したのか、玲鈴は一つ頷くと軽やかに前へ出る。

「お姉さん、その衣装、見せてもらうことはできませんか?」

――――! そうか、玲鈴様なら後宮のことに詳しいから……!

後宮は皇帝、もしくは東宮のための女の園。出入りが許される人間は限られており、必然的に内部に詳しい人間も少ない。

玲鈴は東宮正妃である景丹殿の実の妹。高位の妃の血縁かつ女性である玲鈴は後宮へも比較的簡単に出入りすることが許されているはずだ。甜珪が玲鈴を推したということは、玲鈴は姉の元を訪れて気軽に後宮へ出入りしているのかもしれない。

「あ……う、うん。大丈夫よ」

突然話に加わってきた、いかにも育ちが良さそうな美少女に驚いたのだろう。少女は数瞬玲鈴に目を奪われた後、はっと我に返って勢い良く頷いた。

「持ってくるから、ちょっと待っててね!」

少女は慌てたように言い置くと、鞠《まり》が跳ねるようにあばら屋が立ち並ぶ奥へ駆け戻っていった。

その後ろ姿を見送った星舜は、あっと思い出して周囲を見回す。

「烏多さん、預かっていた物、とりあえずお返しするね」

捜さずとも烏多は目の前にいたわけだが、野次馬の列に交じってしまった烏多とは先程よりも距離が空いている。その数歩分の間合いを詰めながら、呈舜は手にしていた紙片を烏多の方へ差し出した。

「玄月殿が宝の地図じゃなくても欲しいって言うかどうかは分からないけど、とりあえず内容を読み解き終わったわけだし、僕が持ち続けているのも何だか違うような気がするから」

呈舜としては真っ当な意見だと思ったのだが、呈舜の言葉を受けた烏多は怪訝《けげん》そうな顔を向ける。『はて、どうしてそんな表情をするのだろう？』と思った瞬間、呈舜は烏多の視線が自分の顔ではなく手元に……さらに言えば手の中にある紙片に向けられていることに気付いた。

「返すって……いや、あんたが持ってるその紙……」

怪訝そうな顔をしたままの烏多が、内心を言葉にしようと口を開く。

だが言葉が成るよりも鋭い風が二人の間を裂く方が早かった。

「いっ……！」

「なっ、なんだぁっ？」

何が起きているのかを理解する間もなかった。

烏多に向かって差し出していた腕に衝撃が走り、手の中にあった紙片は衝撃と風にあおられて呈舜の元を離れる。衝撃が激痛に変わった時には走り込んできた影がサッと紙片を奪い取り、そのまま一行の元を走り去っていた。

「っ！　玄月っ！」

「いきなり何しやがんだっ」

激痛にたまらず膝《ひざ》を落とした呈舜は痛みをこらえながら野次馬達が視線を飛ばす先を見遣《みや》った。同時にザリッと革靴の底が地を踏み締める音が響き、聞き覚えのある嫌な声が聞こえてくる。

「よぅ、話は聞かせてもらったぜ。宝の地図じゃねぇんだってなぁ？」

野次馬のさらに向こうにいたのは玄月だった。悪人面と小綺麗《こぎれい》な格好は以前と変わらないが、今日はそれに加えて手の中で長い鞭《むち》がとぐろを巻いている。あれが自分の腕を襲った風の正体かと奥歯を噛《か》み締めた呈舜は、はっと気付いて風が走り去った先を見遣った。

人垣を挟んで玄月と相対する場所に立っていたのは、いかにもすばしっこそうな見目をした少年だった。どこか鼠《ねずみ》に似た面相をした少年は呈舜が取り落とした紙片を頭上でヒラヒラと振りながらケケケケッと気味悪く笑う。この間の取り巻きの中にはいなかった少年だ。

「宝の地図じゃねぇなら、テメェにはますます無用の長物だよなぁ、烏多ぁ？　薬学書なんてテメェの手元にあっても、なぁ〜んにもなんねぇんだからよぉ？」

「んだと玄月っ！　内容が何であれ、それは俺が譲り受けた遺品だろうがっ！」

「遺品だクソだ関係ねぇんだよ。この玄月様が有効活用してやるっつってんだから黙って下がってろっ！」

「何を……っ！」

「危ない、下がれっ！」

玄月の挑発に乗せられた烏多が殴りかかろうと距離を詰める。それを後ろに引いて止めたのは甜珪だった。甜珪が割って入った鼻先を玄月の鞭がしなり、勢いに押された烏多はよろめくように後ろへ下がる。

「ちょっと、返して……っ！」

その攻防を見ている余裕は呈舜になかった。

痛む腕を押して立ち上がった呈舜は紙片を奪った少年をギッと睨《にら》み付ける。いつになく怒りが乗った視線だったというのに、少年は不愉快な笑いをやめようとはしない。

それが分かった瞬間、呈舜は思わず地面を蹴《け》っていた。ここまで腸《はらわた》が煮えくり返ったのは本当に久しぶりだ。

「それはっ！　お前なんかがそんな風に扱っていい代物じゃないよ!!」

「胡吊祇」

我武者羅に突っ込む呈舜の向こうから冷静な呼び声が響く。

その瞬間、ヒョンッと風が鳴き、なぜか呈舜の脛《すね》にとんでもない痛みが走った。

「ずべっ⁉」

おまけに呈舜は思いっきり顔面から地面に滑り込んだ。鞭を喰《く》らった腕といい、地面に突っ込んだ顔面といい、なぜか痛む脛といい、全身が痛すぎてもはや自分がどうなっているのか分からない。矛先を失った怒りの炎が痛みを前にして急速に鎮火していくことだけが分かる。

「グズなテメェらに代わって俺がこいつを有効活用してやるよっ！」

そんな混乱の中でも、玄月の捨て台詞《ぜりふ》だけは聞こえた。鞭と革靴の音が遠ざかり、辺りに静寂が戻ってくる。

「……全員、怪我はないな？」

その静寂に身を浸して数秒経ってから甜珪が口を開いた。突然のことに逃げることすらできずに身を固めていた野次馬達は、甜珪の言葉を受けてようやく緊張を和らげる。

「え、ええ……」

「う、烏多、大丈夫だったかい……？」

「あ、ああ。この兄ちゃんが庇《かば》ってくれたから。……でも」

そろそろと口を開いた一行は、そのまま何とも言えない表情ですっ転んだ呈舜に視線を落とした。そんな視線をものともせず、甜珪はスタスタと呈舜が進もうとした先へ歩を向ける。

「……なんでこの方の足を払ったんだい？　あんないかにも痛そうな方法で」

「あれが一番確実に足を止められる方法だったからな」

呈舜の傍らには、一瞬で追打棒を組み上げ、見事に呈舜の脛を払ってみせた玲鈴が立っていた。そんな玲鈴は呈舜に申し訳なさそうな視線を注ぎながらも己の行動を間違えたとは思っていないらしく、自分の傍らを通り過ぎていく甜珪に確かめるように目配せを送る。

そんな玲鈴に応《こた》えるかのように甜珪もチラリと視線を返した。

──そっか、その追打棒、三つ折りになるのね……。三つ折りにして後ろの帯に差し込んでたのね……。

「随分容赦のない罠《わな》が張られてる」

痛みに悶絶《もんぜつ》する呈舜の数歩先まで進んだ甜珪は、ちょうど足元にあった落ち葉を拾うと指先に挟んで軽く振った。たったそれだけの動きだったのに、振り上げられた落ち葉はちょうど甜珪の目線の高さでスパッと切断されてしまう。

「……え？」

意地と復活した怒りで全てを抑え込んで顔を上げた呈舜は、その光景に思わずパカリと口を開いた。

そんな間抜け面をさらす呈舜の前で、甜珪は懐から何やら紙片を取り出すと右手の人差し指と中指の間に挟んで構える。

『水《スイ》』

インッと、不思議な耳鳴りがした。

そう感じた次の瞬間には空気が急速に重くなり、甜珪の眼前に水柱が上がっている。

「わっぷっ？」

「ごく細い鉄糸だな。パッと見ただけでは分かり辛《づら》いが、ここところの建物を使ってこの鉄糸が張り巡らされている」

全身の痛みと土汚れの他に泥水まで被《かぶ》る破目になった呈舜は、たまらず跳ね起きると尻《しり》でいざるように後ろへ下がる。

そのおかげで、よく見えた。

水滴を纏《まと》うことで露《あら》わになった、自分が飛び込もうとしていた先の景色を。

「この糸は喉元《のど》を狙っているな。この高さは腹か。人体の急所かつ切断に向いた場所を狙った高さにご丁寧に張っていやがる」

空《くう》に溶け込ませるように展開されていたのは、鋼鉄の糸を用いた蜘蛛《くも》の巣。

あるいは断頭台と呼ぶにふさわしい罠だった。

「無駄に変な知識ばかりあるあんたなら知ってんだろ。強度のある糸が強く張ってある所に柔らかい物をぶつけると物の方が切断されるってこと」

「は、はは……？」

「胡吊祇がとっさに俺の声の意味を理解してくれて良かったな」

小柄な人間が一人滑り込んでやっと通過できるかという隙間だけを残して精緻に張り巡らされた処刑道具を前にして、甜珪はあまりにいつもと変わらない表情でしれっとそう言った。

「胡吊祇があんたの足を払って止めてやってなかったら、あんた、今頃バラバラになってたぞ」

ヒョンッと、甜珪が符を構えたまま腕を下から上に振り抜くと、水滴を纏った鉄糸はあっけなく切断された。

キラキラと輝く鉄糸の乱舞を背景に、甜珪は一つ息をつく。

「ま、案外それでも良かったのかもしれないけどな」

「…………え？」

――……いやいやいやいやいやいやいやいや。

凍り付いたまま内心だけで否定を呟《つぶや》く呈舜の前で、切断された鉄糸は気持ち良さそうに風にそよいでいた。

＊・＊・＊

その後、現場に戻ってきた少女が持ってきてくれた老女の遺品の古着を確かめた所、確かに宮女の装束だということが分かった。形が今の宮女装束と微妙に違っているのは時代が違うせいなのだろう。玲鈴と一緒になって装束を覗《のぞ》き込んだ呈舜は、少なくともそう思った。

「…………」

確かめたいことを確かめ終えた一行は明るいうちに下穢宮を辞した。

一旦《いったん》書庫室に戻った一行だったが、玲鈴は『ちょっと確かめたいことがあるから』と言って書庫室帰還からそう時を置かずに帰っていった。甜珪があっさりそれを許したから、恐らく甜珪には玲鈴が何を調べに帰宅したのか分かっているのだろう。

というわけで、今は普段と変わらず書庫室に呈舜と甜珪だけが詰めている状態というわけなのだが……

「…………」

「……何をそんなに不貞腐《ふてくさ》れてんだ」

「ちょっと、その言い方は酷《ひど》くない？」

……いや、本音を言うと、鞭を向けられた時に庇ってくれなかったことやら、容赦なく脛を払われたことやらで若干不貞腐れてはいたのだが。

呈舜は心にわだかまっていた小さな不満を横へ押しのけると、思いを巡らせていたことを口に出した。

「……未榻君は退魔術でどんなに傷んだ書物でもチョチョイのチョイって直せるんだって知ってから、何で今までわざわざ手間をかけて自力で修繕していたのか疑問だったんだ」

呈舜は今回甜珪があの紙片を復元してくれるまで、そんな手が使えるということを知らなかった。普段甜珪が書物の修繕作業をしている所を散々見てきたというのに、だ。つまりそれは、今まで甜珪がその手段を持っていながらあえて使ってこなかったという事実に他ならない。

手作業での修繕は、完璧《かんぺき》な復元が保証されているわけではない。修繕しても文字が読み解ける状態になるまで戻せる保証はないし、最悪の場合は修繕不可能と判断されて廃棄処分になることだってある。

だが退魔術で復元させれば完璧な復元が可能だ。呪術《じゅじゅつ》師の腕によるのかもしれないが、司書が手作業の修繕をするよりずっと破損の危険は少ないだろう。

だからこそ、疑問だった。なぜ甜珪はわざわざ手間と時間をかけてまで、危険性が高い手法での修復を今まで行ってきたのかと。

「でも今日、その理由が分かったよ」

『あー、悪《わり》ぃな。実はさっき、もう受け取れないって、言おうと思ったんだ』

あの騒動の後、呈舜は遺品をむざむざ玄月に奪われてしまったことを烏多に詫《わ》びた。詫びても許してもらえないものだと覚悟していたのだが、微苦笑を浮かべた烏多から返ってきたのは、思いもよらない言葉だった。

『すげぇ修繕をしてくれたんだな。俺は触れずに見てただけだけど、新品みてぇに綺麗《きれい》になってたのが分かったよ。差し出されても、あれが婆《ばあ》さんの遺品だって分からなかったくらいに。だけどなぁ……それが逆に、なんっつーか……、婆さんの遺品っぽくなくなっちまったっつーか……』

言葉にしづらい感情を何とか言葉にしようと必死で考えを巡らせた烏多は、しばらくあーでもない、こーでもない、と呻《うめ》いてから、ポロリとこんなことを言った。

『婆さんが執着してて、俺が引き受けなくちゃなんねぇって思ったのは、あのボロッボロな紙切れで、さっき見せてもらったのには、その執着が見えなかったんだよなぁ。綺麗になった時に、その執着も綺麗サッパリ洗い落とされちまった、みたいな』

だから、玄月の野郎に取られちまったことには腹が立つけど、詫びはいらねぇんだ。もし取り返せるようなことがあったら、あんたがもらってくれないか？　俺達のためにこんなに頑張ってくれて、……約束守ってくれて、ありがとな。

そう言って烏多は笑っていた。その顔に偽りや空元気といった雰囲気はなくて、烏多は心の底からスッキリしたような顔をしていた。

「あの復元は、書物の渡ってきた時そのものを巻き戻す。……その時によって重ねられてきた歴代所有者達の思いも、……消えてしまうからなんだね」

「……あんたは、『書は想いを乗せて運ぶ草舟』って、よく言うだろ」

呈舜の視界に入る場所で書架の整理をしていた甜珪は、テキパキと動く自分の手元に視線を置いたまま呈舜の言葉に応《こた》えた。よく見たら、甜珪が書架に戻しているのは、呈舜の仕事が終わるのを待ちがてら甜珪が修繕していた書物達だった。甜珪が己の手を動かして手間暇かけて修繕した書物達は、あるべき場所に戻されて少し誇らしげな顔をしているようにも見える。

　夕刻に差し掛かってきたのか、書庫室の中にはうっすらとした闇が忍び込みつつあった。そういえば甜珪はいつも暗くなってきても不自由なく仕事をしている。夜目が恐ろしく利くのか、暗視術の類《たぐい》を自分にかけているのか、そんな所だろう。

「あれは、時そのものを巻き戻す術。……流れてきた時間そのものを、消し飛ばす術だ」

　腕の中にあった書物を全て棚に収め終わった甜珪は、そのまま自分の頭上に広がる棚を見上げた。高い天井に迫る勢いで広がる棚の中には、巻物、草紙、竹簡、石簡と、材質も、渡ってきた時も、記された文字さえまちまちな数えきれない『書』が収められている。

『物』というのは、生まれ落ちた瞬間から流れる時の中にあり、時をその身に纏い、やがては時に従い壊れ朽ちて消えていく定めにある。人も、物も、世にある万物は、その流れに逆らえない」

　時を渡ってきた先達を見つめながら、甜珪は静かな声で言の葉を紡ぐ。そんな彼はまだ年若い姿をしているのに、紡がれる響きにはどこか時の流れを外れた神仙を思わせるものがあった。

「あれは、その理《ことわり》を崩す代物だ。呪術師としての俺は必要に応じてその術を振るうが、司書である俺はその術《すべ》を行使すべきじゃない」

その空気と忍び込む薄闇を従えて、甜珪は静かに呈舜へ視線を向けた。

「司書の修繕は、想いを乗せる草舟たる書物を直すと同時に、草舟が乗せてきた思いも大切に織り込むべきだと、俺は思う。だから、退魔術での復元は『修繕』とは言わない」

「……うん」

今回は、甜珪にとっての『例外』だったのだろう。それ以外に手はなく、どうしても解読が必要だったから取った、最終手段とも言うべき事象。

そんな考えをしてくれていた甜珪が、呈舜には嬉《うれ》しかった。

「……うん。そうだね」

──官吏としても呪術師としてもずば抜けて優秀な未榻君が、どうして司書になんかなったのかと思っていたけれど……

その理由は案外、呈舜と似ていて、単純だったのかもしれない。

「あーもぉっ！　それはそうと、玄月に紙片を奪われたのには腹立つなぁっ！」

その嬉しさを大切に胸の奥にしまい込んだ呈舜は椅子に体を投げ出すようにして天井を仰いだ。一気に大人げない空気を醸した呈舜に呆《あき》れたのか、書架の間から出てきた甜珪が軽く溜《た》め息をつく。

「バラバラにされなかっただけマシだろ」

「それも腹立つんだよっ！　それってつまり罠《わな》張って待ってたってことでしょ？　最初から殺してでも奪い取る気満々じゃないかっ！」

「……書家にとって命とも言える右手を鞭《むち》で叩《たた》かれたことに関しては？」

「すごく怒ってる……！　けどっ、そこに関しては負傷中であるにもかかわらずいつも通りに仕事振ってくる未榻君に対しても怒ってるっ！」

勢いに任せて呈舜はここぞとばかりに不満を口にした。だが甜珪は溜め息を重ねるばかりで取り合ってもくれない。

「いいだろ。もういつも通りに仕事できるくらいに動かせるんだから」

「というかあの瞬間だって、僕を庇《かば》おうと思えば未榻君なら庇えたんじゃないの？」

そんな甜珪の表情が、続く呈舜の言葉で崩れた。

丸く目を見開いた甜珪はまじまじと呈舜を見つめてから小さく言葉を零《こぼ》す。

「……驚いた。気付いてたのか」

「えっ、ちょっ、ほ、本当にわざと襲わせたの？　酷いにも程があるよっ！」

どうやら本気で驚いているらしい甜珪に呈舜は思わず指を突き付ける。

だというのに一瞬で体勢を整えた甜珪は、特に悪びれた様子もなくしれっと言い放った。

「あんたならあの程度の攻撃、何てことないだろ」

「……ちょっと。本気で僕のこと『殺しても死なない阿呆《あほう》』だとか思ってるんじゃないだろうね？」

割と本気で怒っているのにどこ吹く風という態度の甜珪にさすがに呈舜も苦言を呈する声が低くなる。

そんな呈舜に向き直った甜珪がふと表情を改めた。

「あんたに痛い思いをさせたことは素直に謝る。あんたの思いを踏みにじる形になったことも、申し訳ないと思っている。だがあそこであの紙片が敵方に渡った方が都合が良かったんだ」

真剣な表情と真摯《しんし》な言葉には、嘘《うそ》や詭弁《きべん》の香りがない。元よりどちらも甜珪には縁遠いものだ。

何やら事情があったらしいということを察した呈舜は、仕方がないから怒りをグッと呑《の》み込んで甜珪の言葉に耳を傾けることにした。

「どういうこと？」

「あの紙片は、一度俺の霊力を受けた。今でも紙片には俺の霊力の残滓《ざんし》が残っている。その残滓を追えば紙片が今どこにあるか分かるはずだ」

その言葉に、今度は呈舜が目を丸くした。

下穢宮から引き上げる間際、玄月の身の上についても聞き取りを行っていた。そこで奇妙な噂《うわさ》を聞いたのだ。

曰《いわ》く、玄月には、『外』に身なりのいい仲間がいる。玄月の元にはその仲間が頻繁に訪れていて、玄月に色々な物を融通しているらしい。玄月が下穢宮に在りながら困窮している様子がないのも、当人や取り巻き達が小綺麗《こぎれい》な格好を維持していられるのも、その外の仲間が助けてくれているからであるらしい。下穢宮の中では威張り腐っている玄月だがその仲間に対しては立場が弱いらしく、ペコペコと簡単に頭を下げていたという目撃情報も耳にした。

「つまり……玄月に繋《つな》がっているっていう『仲間』、もといお偉いさんを摑《つか》めるかもしれないってこと？」

「玄月があの紙片を、その件《くだん》の『仲間』に渡していれば、だがな」

玄月は、隠れて呈舜の話を聞いていた。あの場での言動から察するに、玄月は明らかに紙片に記された内容が『仙人の宝物の地図』ではなく『丹《タン》の生成方法』であることを知っている。それでも玄月はあの紙片に執着し、呈舜と烏多から奪い取っていった。

つまり玄月は内容に関係なく、あの紙片そのものに執着していたということだ。だがあの紙片そのものに玄月がそこまで執着するような価値はない。

ならば考えられるのは、誰かに……恐らくその『仲間』とやらにそれを持ってくるように命じられていた、という線だ。

「玄月の発言を素直に捉《とら》えてもいいならば、玄月の『外の仲間』は軍部の人間である可能性が高い。軍部のここ数年での人の流れが分かる物があれば、玄月の身元や人の繋がりも分かるかもしれん。だが『玄月』という名前が本名であるのかも、下穢宮に堕《お》とされたのか、それとも自らやってきたのかも分からん。地道に探すには手掛かりが少なすぎる」

「だから、あえて泳がせた？」

「ま、そういうことだな」

甜珪はサラリと答えるが、呈舜は感心してしまった。いつこの策を思い付いていたのかは分からないが、甜珪はかなり早い段階で相手がこう動くと読めていたということだ。やはり呈舜が何かを考えて動くよりも、甜珪に従っていた方が早く事件が解決するような気がする。

「で、もしかして今からその行方を追おうと？」

「まぁな。今からここでそれをやれば、興味を示したあんたをここに留め置くこともできるだろうしな」

「え？　な、なんで？　何で僕がここに留め置かれなきゃいけないの？　籠城《ろうじょう》の理由は、紙片を僕が持っていたから、黒幕さんが僕に目を付けて、ってことじゃなかったっけ？　紙片はもう玄月の所に渡っちゃったんだから、僕がここに籠城する理由だって……」

いい加減きちんとした寝台で眠りたいし、着替えたいし、風呂《ふろ》にも入りたい。書庫室脇の小部屋に半ば住み着いている呈舜だから、自主的に書庫室に引き籠《こも》る分にはいくらでも引き籠れるが、引き籠りを強要されるのは中々にしんどいものがある。というよりも、甜珪による書庫室への封じ込みはその小部屋にも行けない状態になるので本当にやめてほしい。

呈舜は強い思いとともに反論を口にする。だが甜珪は眉《まゆ》をひそめるとスイッと視線を呈舜からそらした。

「……おーい、未榻くーん？」

「……客のようだぞ」

「え？」

甜珪の視線が大扉へ向く。それを追って呈舜も大扉の方へ顔を向けた。そこでようやく呈舜の耳にもバタバタと忙《せわ》しない足音がこちらへ向かってくる音が聞こえてくる。

「けっ……蛍架《けいか》書庫長は御在室ですか……っ！」

飛び込んできたのは白い筒袖《つつそで》の衣を纏《まと》い、結い上げた髪をきっちり布で包んだ医官装束の男だった。人が好《よ》さそうな顔には汗が滴っていて、荒い呼吸とともに彼が慌ててここまで来たことを物語っている。

その顔に見覚えがあった呈舜は思わず男の方へ駆け寄りながら声を上げた。

「明稀《めいき》先生、どうしたんですか？」

「たっ……助けてくださいっ！」

限界だったのか入口近くの床で膝《ひざ》を落とした医官は、駆け寄ってきた呈舜に縋《すが》ると荒い息を押して叫んだ。

「医局に賊が入って……っ！」

「え？　賊？」

「御意見番の螢架書庫長！　お願いです！　助けてください……っ！」

紫雲殿の医局に賊？　そもそも賊退治なら警邏《けいら》兵とか軍部とか刑部《けいぶ》とか……と言いたいものの、懇願してくる医官はまったく聞く耳を持たない。

――え、これ、何？　どういうこと？

呈舜は思わず甜珪に助けを求める視線を送る。

呈舜の有能な部下はこの状況をどう分析しているのか、厳しい表情で医官のことを見据えていた。

＊・＊・＊

明稀医務官は、紫雲殿の医局に詰める医官だ。先日、呈舜の調べ物に手を貸してくれたのが彼である。

「ん？　賊が入ったのって、医局そのものじゃなくて、医局の蔵書室の方だったの？」

「は、はい。それも、手当たり次第に荒らしたわけではなくて、棚にあらかじめ目星が付けてあったらしくて……」

書庫室で明稀を落ち着かせることには成功したものの、とにかく明稀は『現場に来てほしい』の一点張りで話が進まなかった。そんな明稀をすげなく追い返すわけにもいかず、呈舜は結局紫雲殿の医局まで出向くことになった。

ちなみに明稀の後ろに付き従っているのは呈舜一人だけだ。甜珪は書庫室で溜まった仕事を片付けるついでに留守居をすると言って書庫室に残っている。

——僕よりむしろ未榻君が来て、退魔術でパッパッパーとやってくれた方が、よっぽど早く片付くんじゃない？

甜珪は自分の霊力の残滓を追えると言っていたし、似たような感じで失《う》せ物探しもできたりしないのだろうか。失せ物やら未来予知やらの占を行うのは礼部《れいぶ》であって、退魔師は失せ物探しとかはできないのであったか。だが甜珪ほど破格の呪術《じゅじゅつ》師になればそれくらいやってのけそうな気もする。

——とはいえ、明稀先生は御意見番としての僕を頼ってきてくれたわけだし、ポンッと未榻君に投げるわけにもいかないよなぁ……。明稀先生にはこの間調べ物を手伝ってもらった恩もあるわけだし……。

呈舜は、面倒事と仕事が嫌いだ。だけど最近は色んなしがらみでこの二つを断れなくなっているような気がする。

とにかく、さっさと片付けて書庫室に戻るしかない。やる気が出ないからと言って油を売っていたら後から甜珪にしばかれそうだ。

そう気持ちを切り替えた呈舜は明稀の後をついて歩きながら周囲へ視線を走らせる。

紫雲殿の医局は、紫雲殿に詰める官吏を診る他に、医学や薬学の研究もしている。皇帝やその血族、後宮の妃《きさき》達を診る御殿医も紫雲殿の医局の所属となるが、彼らは後宮の中に仕事場を持っているから紫雲殿の医局に姿を現すことは珍しい。堅苦しい雰囲気や辛気臭い雰囲気もあって、病人や怪我人以外では立ち寄る人間も少なく、医局の中には落ち着いた空気が流れていた。

——……まぁ、普通の人はこの空気を『不気味だ』って思うのかもしれないけれど。

診察室を抜け、薬箪笥《だんす》が並ぶ一角を奥へ進みながら、呈舜はスンッと鼻を鳴らした。薬草や鉱物、その他訳の分からない薬の原材料のにおいがしみ出した医局の空気は、他のどことも違う独特のにおいがする。

——……僕にとっては、それ以上に『懐かしい』空気、かな。

呈舜は三十路《みそじ》半ばといった見た目をしているが、実際はそれよりも随分長く宮廷で生活してきた。そのおかげで宮廷の各所の様子を知っているのだが、紫雲殿の医局はその中でも特に馴染《なじ》みのある場所だった。そもそも呈舜が書庫室よりも医局の蔵書室の方が今回の件の調べ物に向いていると知っていたのも、随分昔、ここの蔵書室にお世話になったことがあったからだ。

「うちの蔵書室は、限られた人間しか使いません。だから、並びを知っている人間も、多くはありません」

わずかに昔を懐かしんでいた呈舜は、前を歩く明稀がそっと囁《ささや》いた言葉で我に返った。

『そうなのかー、まぁそうだよねー』と思い、少ししてからその言葉の意味することに『ん？』と首を傾げる。

「医局に詰める人間と……最近の利用者だと、螢架書庫長、あなただけになります」

「え、もしかして僕、御意見番として呼ばれたんじゃなくて、犯人候補として呼ばれたのかい？」

「あぁ、いやいや！　そうではなくて！」

明稀は裏返った声で答えると懐から手巾《しゅきん》を取り出した。特に激しい運動をしたわけでもないのに急に汗が出てきたのか、手巾で忙《せわ》しなく額の汗を拭《ふ》きながら明稀は言葉を続ける。

「荒らされていた場所が、そのぉ……螢架書庫長がこの間丁度使っておられた場所で……螢架書庫長は無類の書好きというお話もありますし……！」

「……え」

「あ、いやいや、そういう意味ではなく……！　そのぉ、申し上げにくいのですが……」

歩を緩めた明稀が、チラリと呈舜を振り返る。

「……螢架書庫長は、読んだ本はことごとく覚えておられるというのは、本当でしょうか……？」

「……へ？」

確かに書に関することには全力を注いでいるし、好きなことはよく覚えているから、呈舜の記憶力はほとんど書のことに使われていると言ってもいい。だが読んだ書物を全て覚えているかと問われれば、そこまで完璧《かんぺき》に覚えてはいられないというのが答えだった。そういう芸当ができるのは、呈舜よりも甜珪の方である。

「お恥ずかしながら、医局でも、今はまだ何を盗《と》られたのか分かっていない状況なのです……」

よほど呈舜がポカンとした顔をさらしていたのか、明稀は出てもいない汗をしきりに拭《ぬぐ》いながら事情を説明してくれた。

「何せ、荒らされた書架の蔵書の詳しい目録がどこにあるのかも分からず、普段は用のない書架なので蔵書を把握している者もおらず……」

書架から抜き出された本が手荒く床に散らばっていたから、何者かが漁《あさ》ったのだろうということは分かった。医局の人間全員に確認したが誰にも心当たりがなかったため、部外者が入ったのだろうということも分かった。だが肝心な『何を盗られたのか』、『そもそも何かを盗られているのか』ということが分からない。一応衛兵を呼んだのだが、具体的な被害が分からないままだったので衛兵の反応も今一つだった。宮廷内の犯罪取締りは衛兵を含む警邏兵と刑部の預かりになるのだが、恐らく今のままではどちらも動いてはくれないだろう。

「なので、最近あの書架を利用した螢架書庫長にご協力いただけたらと思いまして……」

つまり、なくなった書物があるかないか、呈舜に確認してもらおうということであるらしい。そんな大切な作業を部外者に任せようというのは随分と無責任なような気がするが、とりあえず犯人候補としてしょっ引かれているわけではないということに呈舜は安堵《あんど》の息をついた。

「あの、差し出がましいことだとは思うんだけども」

その上で、呈舜はそろりと疑問を差し挟んだ。

「荒らされていたのは蔵書室のその書架だけだって話だけど、薬材とか調合道具とかは大丈夫だったの？　ここって随分高価な物も、危険な物もあるでしょう？」

「あぁ！　それは皆で確認したので大丈夫です！」

さすがに医学と薬学に邁進《まいしん》する医官というべきか、その辺りはきちんと確認が取れたらしい。今まで汗を浮かべていた明稀がそこだけ晴れやかな顔で返してきたから、ここは信じてもいいだろう。

――それくらい医学書達も大切に管理してあげてほしいんだけどなぁ……

呈舜は内心でぼやくと溜《た》め息を呑《の》み込んで顔を上げた。

「僕でお役に立てるなら、尽力させてもらうよ」

「ありがたいお言葉です……っ！」

――……いや、だって頑張らないと、僕、一番犯人候補に近い場所にいるわけだし、ねえ……？

そんな複雑な内心をこらえて進み、医局の蔵書室の中に入る。医局の中にある薬材庫に通じる通路からしか入れない医局蔵書室は、入口以外の壁が全て書棚で塞《ふさ》がれた手狭な部屋だ。全てを取っ払えばそこまで狭くはないはずなのだが、四方全てを本に埋め尽くされ、空間も最低限の通路を残して書架で埋められているため圧迫感が強い。明かり取りと風通しを兼ねて高い場所に小窓があるのだが、あれでは十分に空気は入らないだろう。この間ここに来た時も思ったのだが、何らかの改善処置を講じないといつか書物がカビでやられそうな気がする。

問題の書架があるのは蔵書室の最奥だ。丹《タン》に関する物は数が少ない上に今の医術には必要のない代物だから一番使い勝手の悪い場所に押し込んである、というのが前回利用した呈舜が受けた印象だった。

「この先は一人で行くよ。場所も分かっているし、狭いから固まって行くと動きにくいでしょ。明稀先生も他に仕事があるんじゃない？」

呈舜がそう提案すると明稀は喜んで手にしていた燭台《しょくだい》を呈舜に手渡した。『自分は薬箪笥の整理をしなくてはいけないから、終わったら声をかけてほしい』という明稀に了承の意を伝えて奥へ踏み込めば、深い静寂が一気に呈舜を包み込む。いつも書庫室で同じ空気に包まれている呈舜でも、この閉鎖空間では少し息が苦しい。明稀には少し辛《つら》いだろうかと思って一人で行くことを申し出たのだが、恐らくあの反応からしてそれは吉と出たのではないだろうか。

昼間でも手元に灯《あか》りが必要なくらい薄暗い空間は、夜になったことで外よりも深い闇に満たされている。四方の壁と収められた書物が音を吸い込むせいか、自分が立てる衣擦《きぬず》れの音さえ微《かす》かにしか聞こえてこない。

「……というか、この暗さの中蔵書の確認をしろって、中々酷《ひど》いこと言うよね」

ふと思ったことを呟《つぶや》く。その時には件《くだん》の書架の前に行き着いていた。

「うっわぁ……。こりゃ酷い……」

最奥の角隅。その床の上は手荒に投げ捨てられた本で埋まっていた。書架の方を確認してみると、ぽっかり空いた空間は確かに呈舜が利用した範囲と合致している。犯人も丹に関係する書物ばかりを狙ったようだ。

――ん？　でも、何で犯人はこの書架に丹に関する書物があるって知っていたんだろう？

そんな疑問が浮かんだのは、床から一冊ずつ書物を拾い、破損がないか確かめながら棚に戻している最中だった。

呈舜がここに丹の書物があると知っていたのは、はるか昔ここの蔵書室にお世話になったことがあるからだ。それでも全体的な書物の配置はうろ覚えで、今回調べ物をするにあたっては最初に明稀に案内を頼んだ。明稀も明稀で『普段使わない書物は奥の方に入れてあるので』といううろ覚えの推量で案内してくれたから、恐らく医局の人間もきっちりここが丹の書物の区域だと知っているわけではないのだろう。

だというのに賊が荒らしたのはここの書架だけだという。手当たり次第に探したならば書庫全体が荒らされているはずだし、試しに一冊ずつ抜き出して探したとなれば賊はその試し抜きした本は丁寧に書架に返していたということになる。この範囲だけがこんな風に手荒に扱われたのは不自然だ。

――そもそも、どうしてこんな風に跡を残した？　何かを持ち去りたかったのなら、目的の物だけ引き抜いて綺麗《きれい》に整えておけば発見されることもなかったはずなのに。

こんな最奥の書物が何冊かなくなった所で誰かが気付くとも思えない。詳細な目録もなく、盗られた物がないかを確かめるために部外者の呈舜を呼んでくるほど寂れた書架だ。

呈舜は手を動かしながら考えを巡らせる。書物の破損の有無はそれでも確認していたが、なくなった物があるか否かは正直もうどうでも良くなっていた。

――あえて部外者が入ったという証拠を残す理由があるとしたら。……そこに目を集中させることで他から目をそらしたいとか、そらしている間に何かやりたいことがあるとか、警備の薄さを知らしめるためとか……。

書物を拾い上げ、パラパラと中を確認し、戻す。元々床に散らばっていたのは棚一段分ほどだ。単調な作業はそう時間もかからずに終わった。

――あとは、医局の自作自演。

そもそも、こんな医局の奥の奥まで部外者が誰にも見つからずに入り込めるものなのだろうか。この蔵書室に入るには、医局の診察室を抜け、その奥にある薬材庫を抜け、さらにその奥にある扉をくぐって入ってくるしか通路がない。さらにここはそんな蔵書室のどん詰まりだ。部外者が入り込むには目立ちすぎるし、万が一見つかってしまったら逃げ場もない。明稀がこんな時間に自分を呼びに来たということは、事は真っ昼間に起きていたということだ。考えれば考えるほど部外者が入ったとは考えにくい状況ではないだろうか。

――僕が最後に使った後に誰かが荒らしてて今まで誰も気付かなかったって可能性もあるけど、そうだったならむしろ何で明稀先生はこの状態に気付いたのかって話にもなるし……。ん？　勝手に明稀先生が発見者かと思ってたけど、そもそもこの現場の第一発見者って明稀先生であってるのかな？

床に置いていた灯りを手に取り、元に戻った書架を照らす。蔵書全てを覚えているわけではないし、そもそも前回全ての蔵書に触れたわけでもないのだが、棚の詰まり具合から考えてなくなった物はないと思える。前回も今回もピチッと棚が埋まったから、なくなっている物や逆に増えた物があればすぐに分かるはずだ。

「……んー」

こんなことをした犯人の意図が分からない。分からないが、書物をあんな風に手荒に扱ったことは個人的に許せない。今回は幸いなことに破損は見つからなかったが、ここに所蔵されている書物は医学史的に見ても貴重な代物なのだと声を大にして言いたい呈舜である。

「……もしかしたら、この蔵書室全体でなくなった物がないかを確認してもらった方が良《い》いかもしれないねぇ」

もしも犯人の目当てが他の書物で、それがなくなっていることから目をそらすためにあえて関係のない書架を分かりやすく荒らしたのだとしたら、それはそれで大変だ。薬は使い方を誤れば毒にもなる。薬学書や医学書は正しい者が使えば人を救うが、間違った者が使えば人を殺す。ここの書物は、そういう代物ばかりだ。

「まったく。だからここの書物は大切にしてもらいたいのになぁー……。明稀先生を通して、御意見口上しとこうかな」

とにかく、明稀に頼まれたことは確かめ終わった。ひとまずその報告は明稀にするべきだろう。

そう考えた呈舜は手燭《てしょく》を手に入口へ引き返した。闇が深い中ではあるが、部屋の形が単純な長方形であるのと書架が整然と並んでいるおかげで道に迷うことはない。ここへ来た時も入口から書棚の間を直進し、最奥の壁に突き当たったら壁沿いに右折するだけで済んだ。

……なのだが。

「……ん？」

壁沿いに進み、突き当たったら右折。

理論上それだけで入口に辿《たど》り着くはずなのに、呈舜は入口を見つけることができなかった。

というよりも、書棚の間に壁を見つけることはできたのだが、薬材庫に通じる通路がそこになかった。

「……え。……えっ？　ちょっ、ちょっと待ってよっ！」

呈舜は思わず通路であるべき場所にある壁に張り付くと灯りを近付けた。漆喰《しっくい》が塗り固められた壁に見えるが、よくよく観察してみると書棚が付けられた壁との間に線が走っている。その線を指でなぞってみると切れ込みであることが分かった。

そこから呈舜はある可能性に思い至り、サァッと青ざめる。

「もしかして僕、……閉じ込められた……？」

宮廷の重要な物品を保管する部屋には、万が一火災が起きた時に延焼を防ぐことができるように漆喰で固められた防火扉が付けられていることがある。皇帝の宝物を収める宝物庫を始め、武器庫や貨幣庫、薬材庫、各部署の書庫などがその代表だ。

呈舜の根城である宮廷書庫室は、そもそも他の部署とは別棟かつ内部が火気水気厳禁で火災が発生しにくいことと、建物内部ほぼすべてが書物保管場所と規模が大きすぎて『焼け落ちた時はそれまで』と思われている節があるから、外部はともかく内部はここまでの装備を備えていない。だが紫雲殿の中には様々な部署が集まっており、その中でも医局は夜間でも交代で医官が詰めているため松明《たいまつ》や燈明《とうみょう》、調剤のための器具など一日を通して火気が多い。万が一その火気から火災が起こっても貴重な薬剤や書物を守ることができるように、医局の各部屋は漆喰塗りで固められていて、各部屋への通路は小さな扉が一つずつ、その扉もいざという時は閉め切ることができるように漆喰造りにされている。

呈舜の記憶が正しければ、医局の扉は蔵書室と薬材庫の間に一つ、薬材庫と診察室の間に一つ。どちらも閉まっている所は見たことがないが、設置されていることは知っている。

「えええっ？　ちょっと！　なんでっ？　いつも閉めてるってわけじゃないでしょっ？　医局は交代で常に人が詰めてるんだからっ！」

数秒固まっていた間にそこまで思考が追い付いた呈舜は空いている左手で扉を叩《たた》いた。だがこれは本当に扉なのかと疑いたくなるような硬い感触が伝わってくるだけで、そもそも向こう側に音が届いているのかさえ分からない。

「明稀先生っ！　片付け終わりましたよっ！　盗《と》られた物はなさそうでしたよーっ！」

それでもめげずにしばらく声を上げ続けた呈舜だったが、扉を叩く左手がしびれてきた辺りでさすがに諦《あきら》めた。書家にとって手は命。たとえ利き手ではなかろうとも自ら傷付けていいものではない。

「っっあーっ！　……どーなってんの、もう……」

最近閉じ込められること多くない？　と内心で愚痴を零《こぼ》しながらも、呈舜はどうすべきかと頭を回し始めた。

一つは誰かが扉を開けてくれるまで大人しく待つという手。ただ、明稀がいつこの状態に気付いてくれるかは分からない。

「……というよりもこの状況、明稀先生こそが僕を閉じ込めた犯人っていう可能性が高いよね……」

その場合、いつ扉を開けてくれるかも問題だが、開けてもらえても無事で済むのかという問題がある。自力で脱出できる手立てがあるならば、明稀を待つのは得策ではないだろう。

そもそもさっさとここから脱出して書庫室に帰り着かなければ、いつまでも甜珪を一人で待たせることになる。それは大変よろしくない。どんな理由であろうとも、呈舜が油を売ってくることを甜珪は決して許さないだろう。特にあの紙片の一件が片付かないうちは。

「……でもさ、これって不可抗力って言わない？　未榻君」

恐らく今呈舜を一人で行動させたのだって、相手が顔見知りで調べ物に手を貸してくれた明稀だったから許したのであって、これが全く知らない相手からの依頼だったら甜珪は相手がどれだけごねようとも書庫室から叩き出したはずだ。もしくは玲鈴がまだ書庫室に残っていたら、書庫室を玲鈴に任せて甜珪もここに同行してきたかもしれない。いわば甜珪は『この状況ならば呈舜に危険は少ない』『呈舜を一人で派遣せざるを得ない』とある意味呈舜を信じてくれたということだ。……これ以上二人ともが書庫室を空けて仕事を停滞させるわけにはいかなかったから、という理由も、もしかしたらあるのかもしれないが。

──たとえ未榻君の読みが外れたことに原因があっても、この信頼を裏切るのはよろしくない……！　本っ当によろしくない！

ここで下手に問題を起こすと『いつ、どこで、誰と、何を』と幼子のような報告をしてからでないと単独行動を許してもらえなくなりそうな気がする。そんな状況にはできる限り陥りたくない。

ならば次に考えるべきはここからの脱出方法だが、とりあえずこの扉を破るという考えは捨てるべきだろう。生身で破れそうな造りでないことは知っているし、使えそうな道具も何もない。かといって窓はたとえ書棚の上まで上がれたとしても呈舜の体が通るほどの大きさはない。壁も扉と同じ漆喰造りだし、そもそも全方位とも書棚で埋められている。

「……ん？」

これ、詰んだんじゃ……、と泣き言が漏れる。

だがその瞬間、脳裏に微《かす》かな記憶がよぎった。

──あー、何だったっけ、思い出すんだ螢架呈舜。僕はやる気になればやれる子。何か使える知識があるはず……

密室の中にみっしりと書物が詰め込まれた空間で、呈舜は必死に記憶を漁《あさ》る。

そんな呈舜の記憶に使える知識がよみがえってきた時には、手燭に立てた蠟燭《ろうそく》が明稀から引き受けた時の半分まで減っていた。

「そうだ、確かここの蔵書室……っ！」

呈舜は身を翻すと来た道を引き返すように進んだ。その時、片手で書棚に触れながら数を数えていくことも忘れない。

「五……六……、ここ、だったかな？」

呈舜が足を止めた場所も、両隣と変わることなく書棚が置かれている。だが手燭を近付けてよく見てみると、その棚だけ両隣と造りが違うことが分かる。

「……急がないと」

手燭を少し離れた床の上に置いた呈舜は場所を割り出した棚から手早く書物を抜き取る。取り出した書物は重ねて手燭とは反対側の床の上に置き、テキパキと一段を空にすると続けて下の段の本も抜いた。

しばらくその作業を繰り返すと書棚の下半分が空になる。呈舜はさらに残っていた棚板に手をかけ、前後に軽くゆすりながら上に上げた。

「よっと」

たったそれだけの動きで棚板は簡単に外れた。その棚板も床に置き、呈舜は次々と棚板を外していく。

「んっ、しょっ、とっ！」

最後に手をかけたのは棚奥の板壁。その板壁だけ、両隣の書棚の板壁から浮いている。

下側を足先で押しながら上側に空いた隙間に指を突っ込めばベキッと音を立てながら板は外れた。

その向こう側……本来ならば漆喰造りの壁があるべき場所を覗《のぞ》き込み、呈舜はニンマリと笑みを浮かべる。

「長生きも、たまには役に立つねぇ」

呈舜が見つめる先にあったのは、人一人がかがんで通れるかという大きさの扉だった。漆喰造りという所は変わらないが閂《かんぬき》はこちら側から外せるようになっていて、扉さえ動かせればここから出られるようになっている。

そもそも、呈舜がここの蔵書室にお世話になっていた頃、この場所には書棚がなくて、大きめの窓と調べ物に使う卓、そして卓の下に隠すように非常通路が設けられていた。蔵書室全体ももっとゆったりしていて、壁も全部が全部書棚で埋められていたわけではなかった。時とともに蔵書室の書物が増え、場所を確保するために書架を詰めて増設したり、空いていた壁に書棚をしつらえたりして今のようなギッチギチの蔵書室ができあがっていったのだ。

「良かった、非常口まで埋められていなくて」

ここの棚は両隣の書棚の壁に太い釘《くぎ》を打ち、そこに分厚い板を渡すことで簡易的に書棚にしてあるだけで、他の場所のようにきちんとした書棚を置いているわけではない。やはり場所は欲しかったものの、非常口を埋めることには抵抗があったのだろう。これだけの閉鎖空間だ。いざという時の出口をふさぐことは心理的にはばかられたのかもしれない。

呈舜は自分の記憶力に感謝しながら非常口の閂を外し、渾身《こんしん》の力で扉を引いた。最初はびくともしなかったが、呈舜が体重をかけて引くとジリジリと動き始め、やがて人が十分通れるだけの空間があく。

呈舜は手燭をかざして周囲に人影がないことを確認すると、手燭の火を吹き消して蔵書室の床に戻した。足先から非常口の先へ出し、そのまま外の通路へ飛び下りる。紫雲殿は基礎が高い分非常口も呈舜の身長より少し高い場所に開けられていたのだが、何とか尻餅《しりもち》をつくことなく外の通路に着地することができた。

「……ふー」

冷や汗と慣れない肉体労働でかいた額の汗を拭い、左右を眺めて自分が立っている位置を確かめる。紫雲殿の中の医局の位置と照らし合わせて考えると、ここは紫雲殿の裏手に当たる場所だろう。幸いなことに書庫室までは目立つ通路を避けて帰ることができる。

なぜ自分がこんな目に遭っているのか分からないが、とりあえず今は目立たないように書庫室まで帰ることが先決だ。誰が味方で誰が敵なのか、そもそも敵がいるのかいないのかも分からないが、とにかく書庫室で待っている甜珪が味方であることだけは確かな事実だ。書庫室まで帰り着ければなんとか身の安全は確保できるだろう。

「……今日は大人しく、未榻君に幽閉されておこう、そうしよう」

自分が開けっぱなしにしてきた非常口とその先にある書物達は気になったが、今は自分の身の安全が第一だと言い聞かせて身を翻す。そこかしこで燃やされている篝火《かがりび》のおかげで視界はぼんやりと明るい。これなら灯《あか》りがなくても問題なく歩くことができる。

──そういえば玲鈴様は調べ物できたのかな？

何となくの勘だが、玲鈴はあの老女の宮女装束から誰に仕えた宮女だったのか割り出そうとしているのではないだろうか。

一見すると宮女の装束はどれも似たような作りだが、材質や色、入っている紋様である程度の身の上が分かる場合がある。身分が高い貴妃《きひ》の宮女はそれだけ良《い》い物を着ているし、仕える妃《きさき》の好む色や紋様があしらわれていることもあれば、場合によっては妃の実家を示す紋や舎殿を示す紋が入っている場合もある。

──でも、下穢宮に堕《お》とされてまで宮女装束を大切にしていたなんて。よっぽど主《あるじ》のことを思っていたんだね。

各部署が入る棟の間を足早に抜けながら考えを巡らせていた呈舜は、ふとあることに思い至って足を緩めた。

――待った。もしも宮女から下穢宮に堕とされたのなら、装束なんて持っていけないんじゃない？

下穢宮で生まれた人間とは違い、堕とされてやってくる人間は軽度の罪人か、覇権争いに負けた者、もしくは病や怪我で使えなくなった人間がそのほとんどを占める。大抵の人間が持ち物を奪われて追いやられるから、着の身着のままという場合がほとんどだ。宮女装束なんて質のいい衣装を一式、大切に残しておけるような余裕など下穢宮に堕とされる人間には与えられないし、特に後宮の妃は自分の舎殿から下穢宮堕ちが出たことを悟られないように徹底的に私物をはぎ取ってから堕とすと聞く。宮女装束なんて出自が分かりやすい物を持たせたまま堕とすなんていうヘマはどこの舎殿もしないはずだ。

ならば、なぜ老女は自分が日々着る衣の他に、宮女装束を取っておくことができたのか。

――もしかして、宮女は宮女でも、下穢宮に堕とされた主に付き従ってやってきた宮女だったんじゃ……

その可能性に思い至った瞬間、呈舜は足を止めていた。書庫室はすぐ目の前だというのに、ドクドクと心臓が騒いで足を前に進めることができない。

――先の下穢宮の主に付き従った宮女達は、まだ下穢宮から出られない。彼女達が外に出されるのは、次の下穢宮の主が来た時だ。

舎殿の下穢宮に一度入れられた者が外に出される条件は、主に三つ。

一つ目は、当人が死んだ時。刑部《けいぶ》の者が死体を検分し、きちんと死が確認されれば荼毘《だび》に付すために外へ出される。

二つ目は、無罪が決定した時。はるか昔は政変のたびに権力者がコロコロと替わってこの手の解放も時にはあったらしいが、時代が下った今はほとんどそれもない。

そして三つ目は、次代の主が送り込まれてきた時。既に主が亡くなっていても主に付き従った使用人達は下穢宮の維持のために舎殿に留め置かれることになっているが、次の主が使用人を連れてやってくればお役御免になる。追い出された前の使用人達は『外』に縁が残っていれば『外』へ出ることもできるが、大半が下穢宮の貧民街の住人になるという。

「……ってことは、年齢的にもギリギリ……」

その可能性に気付いた呈舜はグッと歯を噛《か》みしめて顔を上げた。

早くこの情報を甜珪に伝えなくては。呈舜にはまだ黒幕の影は掴《つか》めていないが、きっと甜珪ならばこの情報も役立ててくれるに違いない。

呈舜は早く書庫室に戻ろうと再び足を動かす。

だがその一歩は大地を踏む前に崩された。

「……え」

音も、気配もなかった。

それなのに体には衝撃が走り、胸からはなぜか剣の切っ先が生えている。

「……っ!?」

鼻に鉄錆《てつさび》臭いにおいが抜けて、ゴボリと喉《のど》から血があふれたのが分かった。ズルリと胸から剣が引き抜かれる衝撃で地面に倒れ込む。

「あ……が……っ」

口から、胸から、鮮血があふれて手足が震える。焼け付くような痛みと血が失われていく感触よりも明確な死の足音が呈舜の耳には聞こえた。

「……手間を取らせるな、螢架呈舜。……いや」

失われていく力をありったけ集めて顔を上げれば、闇から滑り出てくる影が見えた。暗色の装束に身を固めた、いかにも戦えそうな体付きの男が複数人。先日、紫雲殿の廊下で襲ってきた連中によく似ている。

その一人が口に出した名前に、呈舜は思わずヒュッと鋭く息を呑《の》んだ。

「白旺供殿《はくおうきょう》、と呼んだ方がよろしいか」

それは、とても古い名前。もう誰にも呼ばれることはないと思っていた名前。

呈舜が煌《きら》びやかな世界を捨てあの書庫室に引き籠《こも》った時に、捨ててきた名前だった。

「……っ、君…たち、は………っ⁉」

「貴方《あなた》を欲する方のため、その身、捧《ささ》げていただく」

呈舜の視界に入る場所に立った男が剣を抜く。ギラリと光る刀身に苦悶《くもん》の表情を浮かべる呈舜が映り込んでいた。

「ちょっと、ま……って。その、名前で…、呼ぶって、ことは……っ！」

「問答無用」

男が手にした剣を頭上に掲げる。とっさに身をよじろうとしたが背後にいた仲間が呈舜の背中を踏んで動きを封じる方が早かった。

「話は我らが主の前でしてもらおうか」

──まずい……っ！

その光景に思わず呈舜はギュッと目を閉じる。風の動きで刃《やいば》が振り下ろされたのが分かった。

「おい」

だがそれに続くはずだった肉を断つ音が、しばらく経っても聞こえない。

その代わりに響いたのは、キンッと澄んだ金属音だった。

「またあんたはこんなとこでなぁに油売ってやがんだ」

次いで響いた地の底から響くような声に思わず目を開いて顔を上げる。同時に鋭い風切《かざきり》音が響いて背中にかかっていた圧がふっと霧散した。

「……未榻君」

夜風に、呈舜と同じ深緑の袍《ほう》が舞う。

書庫室の高窓を開けるために用意されている棒を片手に現れた甜珪は、一行を睥睨《へいげい》すると片手で棒を構えた。

「うちの上司が、あんたらに何か迷惑をかけたか？　いくらうちの上司が死なんと言っても、心臓に剣を突き立てられなきゃならんほどの事情はそうそうないはずだが？」

そんな甜珪の姿にサワリと周囲の空気が揺れた。今まで闇と同化するくらい静かだった一行が緩やかに殺気立っていく。その中に若干の脅《おび》えが混じっているように思えたのは呈舜の気のせいだったのだろうか。

「白旺供殿を、我らが主は御所望だ」

「白旺供、ねぇ……」

聞き慣れない名前であるはずだが、甜珪にはそれだけで話が通じたのだろう。チラリと呈舜に視線を投じた甜珪は隙なく構えたまま男達へ言葉を向ける。

## 呪われ姫の求婚

著：喜咲冬子
イラスト：mokaffe

**「生贄」として生きた姫の、**
**禍と愛が交錯する**
**アジアンファンタジー！**

生贄となり国を追われた豊日国の姫・明緋。西国皇子の突然の求婚を切っ掛けに、母国の妃選びへ巻き込まれてしまう。未だ明緋を「仇なす魔物」と怨む妹王女の謀か。明緋は「妃を目指さない」誓いを胸に隠謀へ挑む！

## 暁花薬殿物語 第六巻

著：佐々木禎子
イラスト：サカノ景子

**信濃の鬼退治を終えた**
**千古の前に現われた、**
**その男は――？**

帝の愛情に包まれながら、後宮の未来を案じていた千古。清涼殿の庭に落ちた雷の祟りを収めるため再び妖后を演じたその前へ、あの男が姿を見せる。一方で静養を命じられた明子姫には、鬼の手が迫っており……！

# 9月刊行ラインナップ

## 花咲くキッチン
### 再会には薬膳スープと桜を添えて

著：忍丸
イラスト：沙月

**再会から始まる――**
**幼なじみとの、**
**おいしい恋と秘密。**

仕事が大好きで有能な百花。でもお家では華やかさ０！食事はコンビニ、ジャージが普段着。その姿で、美青年となった幼馴染と運命的に再会。彼の店の試食係に任命された百花は、彼の深い愛と向き合うことになり――？

## 宮廷書庫長の御意見帳

著：硯 朱華
イラスト：風李たゆ

**謎多き書庫長が「書」に**
**まつわる陰謀を解き明かす、**
**中華バディミステリー！**

あらゆる『書』を収集・管理する機関、宮廷書庫室。その書庫長・呈舜には、どんな相談も受け付ける『御意見番』というもう一つの顔がある。ある日手にした“仙人の宝の場所を示す”依頼書が、大事件の始まりで……。

「こいつをあえて白旺供と呼ぶということは、あんたらが求めてるのは不老不死か？」

――!?　それって、どういう……

核心に迫る言葉に呈舜は必死に甜珪とその向こうにいる男を見上げる。

「やめとけ。たとえこいつから不老不死をかすめ取れたとしても、同時にこいつの馬鹿ももらう破目になるぞ」

「……我らが主のお望みだ」

甜珪の言葉にも相手が動揺することはなかった。ただ甜珪が正しく核心を突きすぎてしまったのか、甜珪に向けられる殺気が一段と強くなる。

「先日もお前のせいで取り逃がした。もう残された猶予は少ない」

男は改めて剣を構えた。周囲を取り囲む男達もそれに呼応するように鞘《さや》を払う。

「邪魔をするなら、お前もここで狩る」

「未榻君……っ！」

その気配に呈舜は喉に溜《た》まった血を吐き出しながら叫んだ。まだ体は動かないが痛みは先程よりマシになっている。何とか声を上げることができた。

「未榻君、逃げるんだ！　僕は最悪大丈夫だから……っ！」

「……あんた、この状況でそんなこと言うのか？」

だというのに甜珪が返してきたのは、呆《あき》れに染まった声だった。

「ここであんたをみすみすこいつらに渡したら、仕事が延々片付かんだろうがっ！」

──え、そっち？

呈舜の驚愕《きょうがく》の声は音にならなった。

甜珪の叫びを合図にしたかのように男達が間合いを詰める。その瞬間甜珪が振り抜いたのは棒を構えた腕ではなく、反対側の腕だった。袂《たもと》の中にあった手に挟まれていた符が甜珪の霊力を受けてまばゆく発光する。

「『雷華《ライカ》』っ！」

バシッと紫電が発光した一瞬で勝負は決していた。

突然走った紫電が男達の体を縛り上げる。激しく体を痙攣《けいれん》させた男達が地面に倒れ伏した時、周囲には静かな闇が戻ってきていた。乱入の時の一太刀を受けただけで用済みとなった棒を下ろした甜珪は、役割を終えて宙に溶けていく呪符《じゅふ》を見送ると改めて呈舜に視線を落とす。

「めんどくせぇ輩《やから》に目ぇ付けられてたみてぇだな」

「……ねぇ、未榻君。……僕が心臓に剣を突き立てられたって知ってるなら、心配する言葉の一つくらい、かけてくれても罰《ばち》は当たらないと思うんだけども……」

「必要ないだろ、あんたには」

倒れ伏した呈舜に手さえ貸そうとしない甜珪は、棒を手にしたまま器用に腕を組んだ。

そして実にあっさりと呈舜の秘密を暴露する。

「あんた、不老不死なんだから」

不老不死。

老いもしないし、死にもしない。

仙道はこの不老不死を目指して修行を重ね、いずれは不老不死の体現者たる仙人になることを目標とする。仙丹はそれを人の身でお手軽に会得するための秘薬だ。

人はそんな不老不死に遥《はる》か昔から憧《あこが》れてきた。だが同時に人々は、不老不死なんてものは伝説上のもので、現実では成し得ないことだということも知っている。

「……ねぇ、未榻君」

そして呈舜は、ひょんなことからその『現実では成し得ないこと』とされている不老不死を手に入れてしまった、何とも幸運かつ不運な人間だった。

「君、いつから知ってたの？」

呈舜は応《こた》えながらよっこらしょ、と自力で起き上がった。

「僕、そんなこと、自分から説明してないよね？」

そんな呈舜の口元と胸元から、バラバラと赤い南天の実が無数に零《こぼ》れ落ちていく。鮮血のような南天の実を払い落とすと、もうそこに死の気配は欠片《かけら》も残っていない。剣が貫通した衣服に裂け目があるだけで、衣服を染めた鮮血さえ綺麗《きれい》に姿を消していた。

「あんたが不老不死だってことくらいは、視《み》る人間が視れば一目で分かる。だから言ってたんだ。『あんたはこの程度じゃ死なない』と」

「……あれ、『あんたは殺しても死なない阿呆《あほう》だから』って意味じゃなかったんだね」

鮮血が南天に変わるという奇妙な光景を目の当たりにしたというのに、甜珪は平静そのものだった。さらにはこんな言葉まで続いて出てくる。

「そもそも、俺が宮廷書庫室勤務を志望したいくつかある理由の内の一つは、あんたが不老不死だったからだ」

「……どういうこと？　未榻君も、不老不死を求めてるの？」

「違う、逆だ。俺は、不老不死の解呪方法を探している」

呈舜の言葉に緩く首を振った甜珪は改めて呈舜の瞳《ひとみ》を真っ直ぐに見上げた。赤銅色の瞳に宿る光はいつも通りに鋭利で、とても真摯《しんし》だった。

「ある人間にかけられた、不老不死の呪いを解きたい。……あんたが不老不死だって話は、宮廷退魔長から聞いていた。一目見てそれが本当だと分かった。だから、あんたを身近で観察できたら、何か解呪の糸口が掴めるかもしれないと思ったんだ」

その瞳を真っ直ぐに受けた呈舜は、しばらくその瞳を観察してからフッと肩の力を抜いた。

「……そうだったんだね」

そんな呈舜を甜珪は変わらず静かな瞳で見つめている。ああ、この甜珪の瞳は好きだな、と、呈舜は心の奥で呟《つぶや》いた。呈舜の秘密を知り、それを目の当たりにしても変わらずこの瞳を向けてくれることに、自分が思っていた以上の安堵《あんど》を感じながら。

「気付かれてたことに、気付いてなかったや」

色んな思いが籠《こも》った呈舜の言葉に、甜珪は言葉を返さなかった。ただ肩をすくめただけで、身を翻して書庫室に戻っていく。

呈舜を待つこともなければ、振り返って付いてきているかを確かめることもない。ただその歩調は甜珪が一人で歩いている時よりもずっと緩やかだった。呈舜がどれだけ立ち遅れても、必ず書庫室に着くまでには追いつけるように。

部下のそんな気遣いに、呈舜は思わず笑ってしまった。

だからその後ろを追いながら、呈舜はもう一度唇を開く。

「仕方がないから、今日はお風呂《ふろ》も寝台も諦《あきら》めて、書庫室に籠城《ろうじょう》しようかな」

真面目に足を動かせば、書庫室は本当に目と鼻の先だった。

扉を開いてさっさと中に入った甜珪は、呈舜が中に入ったことを確かめると振り返って呈舜に向き直る。

「……そうしろ」

「籠城のついでに、昔話にでも付き合ってやるから」

ぶっきらぼうながらも温かみのある言葉にパチパチと目を瞬《しばたた》かせた呈舜は、ほんのり微苦笑を浮かべると己の定位置である卓に着く。

「じゃあ、お言葉に甘えて」

そう、こんなことに巻き込まれてしまった以上、せめて甜珪には自分の事情を説明しておくべきだろう。玲鈴に伝えるかどうかは、甜珪に判断を委《ゆだ》ねればいい。

「……あれはもう、何十年前の話になるんだろうね。先々帝がまだ御健在で……」

ゆったりと瞳を閉じて昔を懐かしみながら、呈舜は語り出しの言葉を求めて唇を開いた。

「そう。件《くだん》の薬妃様が、まだ後宮にいらっしゃった頃だった」

# 《肆》　問う　散華を知らずとはいかなりやと

白旺供《はくおうきょう》と呼ばれた人間は、玻麗《はれい》の片田舎で生まれた。

地方の官吏の家の生まれで、幼い頃から親に筆を握らされていたのが良かったのだろう。幼いながらに書に才能を見せた旺供は、書で身を立てるべく親類を頼って玖釉《くゆう》に上がった。歳《とし》を経るごとに才に伸びを見せた旺供に宮廷が目を付けたのは旺供に三十路《みそじ》が見えてきた頃で、その時には旺供はすでに玖釉でもそこそこに名を知られる書家になっていた。

宮廷には、歴代の能筆家達の作品や、興味深い書物が数多《あまた》収められている。その閲覧権を与えられた旺供は、己の書をさらに磨くべく求めに応じて宮廷に上がることになった。

旺供に与えられた身分は、宮廷書記官。科挙を通って役人になったわけではなかったのに、旺供は皇帝のすぐ傍《そば》で皇帝の言葉や皇帝に奏上される言葉を書き記す役割を与えられた。破格の人事であったのは皇帝がそれだけ旺供の才を買ったということもあったが、宮廷に形成されていた派閥に取り込まれていない旺供ならば、言葉を歪《ゆが》めることなく記録することができるだろうという考えもあったのかもしれない。

旺供は仕事に励むと同時に、貪欲《どんよく》に書の世界にのめり込んだ。宮廷には世間には出回っていない先達の名品が数多収蔵されていたし、旺供などよりよほど優れた書家達がゴロゴロいた。学ぶことも、吸収したいことも、いくらでもあった。書いても書いても飽きることはなく、むしろやりたいことは増えるばかりで、旺供にとっては酷《ひど》く充実した時間だった。まさに寝食を忘れて、書いて書いて書き続けた。傍《はた》から見れば異常な姿だったかもしれないが、書家にとってはこの上ない極楽だった。

そんな旺供の絶頂期に影が差したのは、旺供が三十路半ばに差し掛かった頃。

体調を崩し、医局の医師の診察を受けた旺供は、医師からあることを告げられる。

「胃の腑《ふ》にね、性質《たち》の悪い腫瘍《しゅよう》ができていたんだ」

左手で腹をさすりながら、呈舜《ていしゅん》はポツリと呟いた。もう今はそこから不安や痛みを感じることもないのに、ふと気付くと今でもあの頃と同じ仕草をしてしまう自分に、少しだけ笑いが零《こぼ》れた。

「ただでさえ寝食を忘れやすい書馬鹿だったから、多少の体調不良は見て見ぬ振りを続けたのが良くなかった。……僕が医局にかかった時は、もう吐血の症状が出ていて、もはや手の施しようはなくなっていたんだ」

持って、一年。

医局の医師にかかった後、皇帝の厚意で御殿医にも診てもらうことができた旺供だったが、診断結果は変わらなかった。もはや打つ手はない。薬で痛みを和らげながら死を待つしかないと告げられた。

「普通の人なら、そこで絶望して泣き崩れるんだろうけどね。……僕は、書馬鹿だったから。幸いなのか何なのか、そうはならなかったんだ」

一年しかないならば急がなくては。学べることを学び切って、最高の書を残さなくては。

そう考えた旺供はさらに書の世界にのめり込んだ。そんな旺供を、皇帝は哀れに思ったのだろう。不治の病と分かった者は里へ帰されるか下穢宮《げわいきゅう》送りが慣例だったにもかかわらず、旺供は最期の瞬間まで宮廷に在ることを許された。

病状が進行し、宮廷書記官としての役目を果たせなくなっても、旺供は血を吐きながら書を書き続けた。

「不思議と、命が終わるってことは、怖くなかったんだ。……今も皇帝の執務室に掛けられているらしい『四季感嘆詩』っていう書画ね、その頃の僕が書いた作品なんだ。今から思うとちょっと至らない所があるから、そろそろ外してほしいと思っているんだけども」

そして旺供が三十四歳になった冬。年が明ければ三十五になるかという頃。

書記部の一員として参加したとある社で行われた古い書画の焼納の儀の現場で、旺供はついに倒れた。

「さすがに儀式に参列している時に倒れるわけにはいかないと思ったからさ。そっと列を抜けて、人気のない場所に行こうと、社の中をさまよっていたんだ。……まだらに降った雪が、南天の実を白く覆い隠していたのを覚えてる。酷《ひど》く寒い日だった」

人気のない場所を求めてさまよったから、杜《もり》の中に多少足を踏み入れていたと思う。その頃の旺供は常に襲ってくる吐き気にも慣れっこになっていて、常飲していた薬もほとんど効かなくなっていた。そのことを怖いとも思えず、ただ漠然と『ああ、いよいよ死ぬのか』という思いだけが胸の奥にあった。

ただ、後から思えば、あの時の旺供は大きな恐怖を前にして感覚が麻痺《まひ》していただけだったのかもしれない。

ゴボリと胃の腑からせり上がってきた血を止めることができず、旺供は口元を押さえたまま膝《ひざ》をついた。片手では受け止めきれなかった血が手元からバタバタと零れて、雪にまだらに染められていた地面をさらにまだらにしたことを覚えている。

せり上がってくる吐き気と、止まらない震え。足先から寒気が上がってくるのに、胃の腑は燃え盛るように熱い。

——死ぬ。

そこまできて旺供は、ようやくそのことを実感できた。

――私は、ここで、死ぬ。

その言葉が胸にようやく落ちてきて、旺供は診断を受けてから初めて泣いた。

恐怖は確かにあった。だがその涙の大半を占めていたのは、書家として短い命を摘み取られねばならない悔しさだった。

――まだ世界には私が見ていない優れた書がたくさんある。修めていない技術がたくさんある。

だというのに、なぜ自分はこんな所で終わらなければならないのか。自分が何をしたというのだろう。何を成したというのだろう。少し人より書が上手《うま》く書けるだけという程度で、己はまだ己に納得できていない。

その悔しさに、旺供はむせび泣いた。だが泣いた所で病に侵された身がどうなることもない。旺供はそのまま己の感覚が遠くなっていくのを感じていた。

「そんな時だったんだ。あの子の声が聞こえたのは」

『泣いているの？』

それは、あの場で聞くには、あまりにも不自然な声だった。

『わたくしに納められた書画の中に、一際血と死の臭いがする物があったけれど……』

鈴を転がすような、幼い少女の声だった。頭上から降り注いでくる声に、旺供は全力を集めて顔を上げた。

『あれを書いたのは、お前ね？』

旺供がくずおれたすぐ先にある木の上に、幼女が腰かけていた。幼女、だったと思う。だがその姿は頭の上からフワリと被《かぶ》せられた白い袿《うちぎ》によって隠されていたから、確かなことは言えない。

『わたくしね、お前の書を気に入ったのよ。お前の、血と死に塗《まみ》れていない書を、わたくしは見たい』

フワリと木の上から降りてきた幼女は、素足で地面を踏みながら旺供の前に立った。紙のように白い衣。雪のように白い肌。袿に隠された髪は墨のように黒くて、微《かす》かに覗《のぞ》いていた唇だけが南天の実のように赤かったような気がする。

確かなことが言えないのは、旺供は確かにその幼女の顔《かんばせ》を見たはずなのに、記憶からスポリと幼女の顔だけが抜け落ちているからだ。

『だから、お前の定命、わたくしが奪ってあげる』

──その代わりに、お前はわたくしに書を捧《ささ》げなさい。よく書けた書は、勝手にもらっていくわ。お前はそれに文句を言ってはいけない。お前はこれから、わたくしに仕える書家になるのだから。

旺供の記憶はその言葉を最後にプツリと途切れる。

次に目を覚ました時、旺供は医局の寝台の上にいた。戻ってこない旺供の姿を捜してくれた同僚が南天の実が散らばる中に倒れていた旺供を見つけてくれて、数人がかりで抱えて連れ帰ってくれたのだということを、旺供は後から知った。

それからだった。

旺供の体が、病の気配も残さずすっかり健康になったのは。

「奇跡だと、誰もが喜んでくれた。医局の人間だけが『ありえない』って首を傾げたけどね。僕は書記官にも復職して、仕事にも書の道にも励んだ。何せ、一度は絶たれたと思っていた道だ。今の僕の姿からは想像もできないだろうけど、そりゃもう真面目に励んだものさ」

その努力と手跡を認められ、旺供は筆頭書記官まで上り詰めた。病から劇的な回復を遂げた数年後のことだ。

華やかな場所の片隅で、旺供は筆を執り続けた。時には書画を書き、宮廷人にもてはやされることもあった。

だがさらに数年を経た時分、旺供は己の異変に気付く。

「歳を、取らなくなっていたんだ。……まぁ、周囲は、僕が書いた書が時々南天の実に化けてなくなることの方が気になったらしいんだけども。そのことに関しては、ああきっとあの子が持っていったんだろうなって、理由が分かっていたから。でも、……でもさ。あの時の僕は、自分が歳を取らなくなった理由が、本当に分からなかったんだ」

四十路《よそじ》ともなれば、肌に皺《しわ》が刻まれ始め、体も少しずつ衰えていく。周囲の同僚や貴族、皇帝達は流れる時に沿って徐々に歳を重ねていった。

だが旺供だけは違った。まるで死に瀕《ひん》したあの時に時の流れと縁を切ったかのように、旺供の見た目だけが三十路半ばから進まなかった。

「でも、その時はまさか不老不死になっているなんて思ってもみなかったんだ。老けるのが多少遅い人間もいるだろう、自分もそうだったんだなと思ったくらいで」

その頃、宮廷は皇帝の代替わりの話で不穏な空気が漂っていた。それを旺供も感じ取ってはいたが、書記官は皇帝の言葉と皇帝に奏上される言葉を書き記すことが役目であって、政治を動かす力も、ましてや次代の皇帝の選定に口を出す権利もない。旺供達書記官は、ただひたすら日々の仕事を淡々とこなした。

「実はね、書記官の仕事って、結構危ないんだ。当人達は何の力も持っていないけど、政治の中枢の話を常に聞いているわけじゃない？　皇帝の周囲に何かあるとね、秘密を知っている人間ごと消し去ろうとする輩《やから》は、必ず現れるものなんだ」

その日も、旺供は普段と変わらず仕事をこなし、いつものように自室へ戻ろうとしていた。酷く蒸し暑い夜だったことを覚えている。

背後から、剣で心臓を一突き。奇《く》しくもその攻撃は、今日の襲撃で受けた傷と似ていた。衝撃と、痛いよりも熱いと感じる傷。あふれ出る鮮血に、旺供は久しぶりに死の足音を聞いた。

「もう自分の死を悔しがっている暇も与えられずに意識は落ちたよ。……でも、僕が他人と違ったのは、その後だったんだ」

しばらく、意識はなかったと思う。

だが、旺供の意識は比較的すぐに戻った。場所は襲撃を受けた場所のまま。確かに背後から剣の切っ先が生えた胸に傷跡はすでになく、旺供が倒れた地面の周囲には季節外れの南天の実がたくさん転がっていた。

「その時、ようやく気付いたんだ。……あの子が持ち去ったのは、病だけじゃない。『定命を奪う』。すなわちそれは、僕から『命の終わり』を奪い取ることだったんだ、ってね」

結局旺供は次の日もいつも通りに出仕した。旺供を殺したと思っていた人間達はさぞ驚いたことだろう。

その勢力が何を目論《もくろ》んで旺供を襲ったのか、結局分かることはなかった。旺供の与《あずか》り知らぬ所で権力争いは進み、やがて終わった。

皇帝が代替わりをした時に旺供も筆頭書記官の位を返上し、ただの書記官に戻った。日々淡々と仕事をこなし、書に邁進《まいしん》し、時に貴族達に請われて書画を書き、後宮の妃《きさき》や見習いの官吏達に書の指南をすることもあった。

「僕は多分、性格的に不老不死に向いていたんだろうね。死なない、老けないと分かった時に、僕の胸を満たしたのは恐怖じゃなくて喜びだったんだ。これでずっと、好きな書に邁進できるって思ったら、もう喜びしかなかったね」

だが旺供当人はそう思っていても、周囲はそうは考えていなかった。周囲の人間の反応の方が正しいのだろう。周囲が年相応に外見を変えていくのに一人全く見目が変わらない者がいれば、否《いや》でも奇異の視線が集まるのは当然のことだった。

「……同期で宮廷に上がった同朋《どうぼう》達の訃報がちょこちょこ聞こえるようになった頃が、潮時だと思ったんだ。当時の陛下は、東宮時代に僕が書を教えた教え子でもあったから、もうちょっと見守っていたかったんだけどね。いつまでも古い人間が華やかな場所にいても、新しい風は入ってこない。……僕は、長年、……本当に長いこと務めてきた書記官を、辞することにしたんだ」

それでも書との関わりを断とうと思えなかった旺供のために、教え子でもあった時の皇帝が用意した職が、当時管理人がいなかった宮廷書庫室の書庫長というものだった。書に囲まれてはいるものの、決して政《まつりごと》の表には姿を現さない場所。そこならば旺供も人目を気にすることなく暮らしていけるだろうと、時の皇帝は心を砕いてくれたのだ。

あまりにも有名になりすぎた『白旺供』の名前を捨て、『螢架呈舜《けいか》』となった人物は、書に必要な道具と最低限の暮らしに必要な物だけを携えてこの書庫室にやってきた。

しばらく静かに暮らしていれば、書家の一人が消えたことなんて誰の口にも上らなくなった。皇帝がまた代わり、旺供が書記官を務めていた時代を知る者がいなくなれば、もう不思議な書記官がいた話などなかったことになると思っていた。

「だというのに、まーさかここに引き籠《こも》ってこんなに経ってから『白旺供』の名前を呼ばれるとはなぁー！」

語りたいことを全て語り終わった呈舜は全身を投げ出すように伸びをした。時間はすでに夜半遅くに差し掛かっている。書庫室の中は甜珪《てんけい》が宙に放った熱のない光に淡く照らされていて、満月の下にいるかのように明るかった。

「一体誰がそんな古い話を持ち出してきたんだか。というか、僕の身を欲するなんて何事なんだよ、まったく」

「……あんたに御意見番の仕事を依頼する時、南天に由来する物を添えるっていうのは、そういう理由から来ていたんだな」

長い話に律儀に耳を傾けていた甜珪は、一つ息をつくと感心したように呟《つぶや》いた。

「まぁ、僕のよく書けた作品が南天に化けて消えちゃうっていう理由もあるのかもしれないけどね」

「南天ってことは、あんたの定命を奪ったその『幼女』、一条大路《いちじょうおおじ》外れの白南宮《はくなんぐう》に祀《まつ》られてる神か。またどえらいモノに見初められちまったんだな」

「え。待って未榻《みとう》君。僕の話聞いただけでそこまで分かっちゃったの？」

「言っただろ。視《み》る人間が視れば分かるって」

この一連の事件の最初の説明を聞いた時と同じ姿勢で話を聞いていた甜珪は、袂《たもと》の中から竹筒を取り出すと栓を抜いて己の口に付けた。自分だけちゃっかり水分補給を欠かさない甜珪を羨《うらや》ましく眺めていると、甜珪はもったいぶることなく実にあっさりと答えに至った道筋を説明してくれる。

「簡単な話だ。書記部が焼納の儀に参加するのは白南宮の祭礼。冬の祭礼という点でもあんたの話と一致している。人の定命をいじるなんて芸当はよほどの大妖《たいよう》か、それこそ神にしかできん。白南宮の祭神は、書と医学の神で、南天を手にした幼女の姿で描かれる。

「……別に難しい推理じゃない」

それでも簡単に分かるものじゃないと思うけどなぁ、と感心しながら、呈舜は甜珪を見上げた。呈舜の視線を受けた甜珪は『まだ何か疑問なのか？』と言いたげに小首を傾げてくる。その態度も向けてくる視線も呈舜の昔話を聞く以前と何も変わらなくて、それは結構すごいことなんだよなぁ、と呈舜は改めて感心した。

「あのさ。答えたくなかったら、答えなくてもいいんだけども」

そんなことを思いながら、呈舜は胸の内にあった疑問を口に出した。

「未榻君は、どうして不老不死の解呪《かいじゅ》方法を探しているの？　それは、未榻君でも解呪できないような代物なの？」

「現段階で解呪の方法が分かっていないから探しているんだ」

「へぇー。天下の未榻甜珪でも、不老不死は解呪できないものなんだね」

「不老不死だから解呪できないわけじゃない。あんたの不老不死なら、多分今の俺でも解呪できる」

「え」

思わぬ言葉に呈舜は固まる。そんな呈舜を眺めた甜珪は『まぁ、できることはできるが面倒だしやる理由がないからやらんが』と続けると、呈舜から視線を外した。

「言っただろ。ある人間にかけられた、不老不死の呪いを解きたいと。……とある馬鹿な呪術師のせいで人生を歪《ゆが》めちまった人間を、元の人生に戻してやりたいんだ」

そして、闇に溶かし込むように、静かに囁《ささや》いた。

「馬鹿な呪術師と幼馴染《おさななじみ》だったばっかりに、そいつも馬鹿になったんだろうな。『呪術師の傍《そば》にいたい』っていう理由だけで追打《ついだ》なんて危ない職を勝手に目指しやがって、あげく実力を過信した呪術師がヘマをして負った呪いを半分引き受けたせいで、ただのヒトでさえいられなくなった」

予想もしていなかった言葉に星舜は思わず息を呑《の》む。だが口を挟むことだけはしなかった。ここで口を開いたら、甜珪はもう二度と心の内を語ろうとしないだろうと思ったから。

有能で、強くて、絶対無敵。

それが普段の彼で、……彼が常にそうあろうと努力していることを、星舜は知っていたから。

「神とさえ崇《あが》められた化け物から存在が歪むほどの呪力を……呪いを受けた呪術師は、何も手を打たなければ器が呪力に耐え切れず、自身が妖怪に変貌《へんぼう》してしまうような、そんな状態に陥ったんだ」

呪術師が振るう霊力の大きさは、呪術師が生まれながらに持っている霊力の器の大きさで決まっている。通常、そこに外から力が流れ込むことはほとんどない。だが仮にその器に受けきれる以上の力が大量に外から流れ込んだ場合、その力は霊力の器の形を変貌させるという。

大抵の場合、変化に器が追いつけず、器は割れる。それはすなわち呪術師の死を意味していた。だが下手に呪術師が力の扱いに長《た》けていて、命の危機を前に奇跡を起こして莫大《ばくだい》な力に器を適応させてしまうと、呪術師は生きながらにしてヒトから妖怪に変貌する。

『妖堕《ようだ》』と呼ばれるその現象は、下手に元が呪術師という力の扱いと知識に長けた存在であるため周囲への被害も大きく、呪術師が最も避けるべき現象とされていた。

「その呪術師の状態は、まさしく妖堕一歩手前だった。そんな呪術師、放っておけば自裁するなり、人の世を去るなりして勝手に姿を消したっていうのに。……相方だった追打は、その呪術師を人の世界に留め置くために、自分がその力の半分を引き受けると言い出した」

強大な力が器の形を変えてしまうならば、二人でその力を割って威力を削《そ》いで、二人で力を受け止めればいい。威力を削いだ状態ならば、ヒトの器のまま力を受け止められるかもしれない。

通常ならば、そんな考えは浮かばない。実行することもできない。

だが運がいいのか悪いのか、追打はそんな策を思いつき、呪術師にはその策を実行できるだけの腕前があった。

「情に絆《ほだ》された呪術師は、追打との間に霊力的に繋《つな》がる回路を作ることで呪いを共有した。二人揃って堕《お》ちる可能性の方が高かったのに、馬鹿みたいな博打《ばくち》に出ちまったんだ。呪いの半分を、追打に渡す形になって……、結果、限りなく不死に近い不老、かろうじて二人とも人間、という状態で呪力を落ち着けることに成功してしまった」

呪術師は、甜珪で。追打は、玲鈴《れいりん》。

そうでしかない。そんな技量を持っている人間がそうそういるとは思えない。

だが、それでも。

――二人ともが、限りなく不死に近い不老……？

知らなかった。気付いていなかった。もしかしてと、疑うことさえなかった。

だってあまりにも二人は、普通に見えたから。不老不死なんてそうそういない存在で、世界中にきっと自分くらいしかいないと思ってきたから。不老不死になってから短くはない時間を過ごしてきた呈舜だけど、そんな呈舜から見ても二人はあまりにも『普通』だったから。

――未榻君が、呪術師としてずば抜けて優秀だったのに、退魔師を仕事に選ばなかったかつての自分が、不老不死を理由に己から華やかな場を降りたように、甜珪もこの歳《とし》にして同じ判断をしたというのであれば。

彼がここにやってきた理由と時期から考えると、甜珪は不老不死を得てすぐに『退魔師にならない』という判断を下したのではないだろうか。不老不死の者が華やかな場に立つ不自由を経験することもなければ、周囲に気味悪がられる経験もまだなかったはずなのに。

それでも甜珪は、かつての呈舜と同じ判断をした。自分は、決して表に立つべき人間ではないのだと。

──この子は、どれだけ賢くて、
この歳で『玻麗屈指』と称され、本来ならば宮廷退魔長だけが帯びることを許される、呪術師として最高峰の佩玉《はいぎょく》である『琥珀《こはく》菊花』を学生の身で帯びていた甜珪だ。野心も、そこに至るまでに自分を押し上げた切実な願いも、『琥珀菊花』に応《こた》え得る実力があるという自負も、周囲の期待も、様々な感情を含んだ視線も、とにかくたくさんの物を背負っていただろうに。

──どれだけ賢くて、……どれだけ、優しいんだろうね。

その全てをなげうってでも甜珪は、ここに不老不死の解呪方法を探しに来たと言った。

自分のためではなく、巻き込んでしまった幼馴染のために。

「状態が落ち着いて、時間的な余裕もできて、とにかく我に返った呪術師は、あらゆる伝《つ》手《て》を頼って解呪方法を探した。だが、誰に見せても解呪は不可能だと言われた。呪術師自身でも、無理だった。限りなく不死に近い不老、つまりそれをもたらす『呪い』という形で落ち着いた力は、呪術師の霊力の器を変えながら魂の奥深くまで根を張っていて、簡単に剝《は》がせるような状態ではなかったんだ。ならば巻き込んじまった追打の方だけでもどうにかならないかと考えたが、こちらももうどうにかなる状態じゃなくなっていた」

呈舜は、甜珪と玲鈴、退魔師としての二人のことをよく知らない。知っていることと言えば二人の間に強い絆《きずな》があることと、甜珪が実力者であるにもかかわらず傲慢《ごうまん》さがないということだけだ。

甜珪は自身の経緯を『実力を過信した呪術師のヘマ』だと語った。だがそれは、甜珪の性格上ありえるはずがないのだ。

短い付き合いだが、呈舜にはそれだけは断言できた。甜珪にあるのは己の実力に対する自負だけで、実力を過信するような傲慢さはどこにもない。大抵の人間は自負と傲慢が表裏一体として付いてくるのに、甜珪は司書として振る舞っている時も、呪術師として振る舞っている時も、不思議なくらい傲慢さを感じさせないから。

『……落とされた鳥、だな』

ふと、下穢宮に向かう途中で甜珪が瞳《ひとみ》を陰らせた時のことを思い出した。

──もしかしたら。

あの陰り、なのではないだろうか。甜珪が無謀なことをしでかした、根本的な原因は。

だって彼は、怜悧《れいり》で、理《ことわり》を重んじるように見えて、案外情に厚くて、優しいから。

「呪術師の方は、最悪どうなってもいい。とうの昔に親類縁者を根こそぎ妖怪に喰《く》われて天涯孤独の身だ。どうなろうと最悪己の身一つ処分すれば事足りる。……だが、追打の方は、そうじゃない」

こんなに静かな夜なのに気を付けて耳をそばだてていなければ消えてしまいそうな声で囁く甜珪は、ともすると甜珪自身が消え失《う》せてしまいそうなくらい弱々しく思えた。……弱々しく思えるのに凛《りん》と通った筋は強いままだから、どう接していいのか分からなくなる。

「呪いを管理できるのは追打と繋がっている呪術師だけだ。呪いが解けない限り、追打は呪術師と離れることができない。そうなってくると婚姻も難しい。追打はいい家の生まれで、追打自身が婿を取って家を繋いでいかなければならない立場にある。……だが、今の状態ではそれもままならない。追打自身は、この状況に何一つ不満はないと言った。むしろ、……俺の傍に無条件で居座ることができて、幸せだと」

甜珪は一度緩やかに瞳を閉じた。いつでも強い光を宿す赤銅色の瞳が瞼《まぶた》の向こうに隠される。

瞼の向こうに隠されたのは、いつもの強い意志。

ならば苦いのに静かな声の向こうに隠されていたのは、罪の意識に苛《さいな》まれながらも隠し切れない喜びだったのか。

「でも俺は、あいつに、人並みの人生を送ってほしい。……ただの人として、幸せになってほしい」

静かに、懺悔《ざんげ》のように紡がれる言葉を、甜珪は今まで誰にも聞かせたことはなかったのだろう。

呈舜が、甜珪と同じだから。不老不死の根本を理解できている存在が、きっと世界に呈舜しかいないから。

それでいて、呈舜は今までの甜珪の人生を知らないから。甜珪の背景もしがらみも知ることなく、ただ『不老不死』という物だけを見て甜珪の話を聞くことができる立場にいる人間だから。

多分、だから、口にしたのだ。

——うん、……言えないよね。君がいる世界では、きっとみんな玲鈴様の味方をするから。

甜珪の周囲は、甜珪と玲鈴、互いの背景と気持ちを理解しているから、きっと玲鈴に賛同する。甜珪に消えてほしくないから、甜珪にだけ重荷を背負わせたくはないから、甜珪と玲鈴それぞれに対する情があるから、甜珪の考えは甜珪自身に厳しすぎると言うだろう。

だが、呈舜は。不老不死としてすでに生きてきた呈舜だけは、甜珪がそう望み、行動する思いを、真実本当に同じ立場から理解することができてしまう。

──そんな考えにこんなに短時間で辿《たど》り着けるなんて。……君は本当に、どれだけ聡《さと》いんだろうね。

「だから俺は、自力で探すことにしたんだ」

思いを巡らせる呈舜の思考を断ち切るかのように、静かで重い声は落とされた。

呟《つぶや》いた甜珪は、閉じた時よりもゆっくりと瞳を開く。姿を現した赤銅色の瞳が、真っ直ぐに呈舜に据えられた。

その強さに、ゾクリと呈舜の背筋が粟立《あわだ》つ。

「不老不死の解呪《かいじゅ》方法。もしくは、あいつの呪いを俺の元へ返す方法を」

まるで背筋に刃物を押し当てられたかのような感触だった。たった今まで感じていた弱さや切なさを、甜珪は一体どこに置いてきたのだろう。それともあれは、呈舜が勝手に抱いた幻想だったのか。

——いや、違う。

呈舜はグッと拳《こぶし》を握りしめて甜珪の瞳の強さに耐える。

——多分、あの『凛とした弱さ』こそが、未榻君の本質なんだ。

この切れそうなほど鋭い空気は、彼が戦うために纏《まと》う武器であり鎧《よろい》なのではないだろうか。常に前を見据えて走り続けるために作られた刃《やいば》。彼の覚悟。

そうであるならば、呈舜は彼に何をしてあげられるだろうか。彼の上司として、……彼よりはるかに長い時を生きてきた、不老不死の先達として。

少し考えてみたけれど、結局答えは見つからなかった。所詮《しょせん》呈舜はちょっと人より長く生きているというだけで、彼の方がずっと優秀で、強くて、格好いい。ただ生きている年数が長いだけの呈舜では、きっと逆立ちしたって敵《かな》いっこない。

それでも、彼の本質にほんのわずかにでも触れた人間として、彼に何かを返せたとするならば。彼の誠実さに、報いることができるのだとすれば。

「……いつか、見つかると良《い》いね」

そんな風に考えを巡らせたのに、唇から零《こぼ》れた言葉は酷《ひど》くありきたりなものだった。

「君が答えに辿り着く日を、僕も心待ちにしているよ」

だがその言葉は、甜珪の心のどこかに触れたようだった。

ふんわりと、滅多に見られない柔らかい笑みが、一瞬だけ甜珪の顔《かんばせ》に躍る。

「まぁ、その日も、この一件が片付かなきゃ到達できないわけだがな」

だがその笑みはこちらの見間違いではないかと疑いたくなるような速さで消えてしまった。

次に向けられた言葉に容赦のない現実を突き付けられた呈舜は、思わず呻《うめ》きながら椅子の背もたれをズルズルと滑り落ちる。

「ほんっと、それね」

「相手はあんたを不老不死の白旺供だと知って襲った。ここまではいいな？」

「もしかして、紫雲殿での初回の襲撃もそうだったのかな？　紙片が目的じゃなくて、あくまで僕狙い？」

「言われてみれば、あいつらは紙片のことに関して一度も口にしてねぇな」

つまり、紙片に執着した玄月《げんげつ》とは全く関わりのない一派だということか。余計に面倒臭くなったと思うべきか、玄月があそこまでの武力を持っていなかったことに安堵《あんど》すべきか。

「こっちの一派の目的は、まぁ不老不死だと思ってもいいだろ。俺の問いかけを否定しなかったし、『不老不死』と聞いても動揺がなかった」

「僕を取っ捕まえて不老不死になる方法を吐かせようとしたってこと？」

だとしたらいい迷惑だ。呈舜は勝手に不老不死にされただけで、なりたくてなったわけでもなければなり方も知らない。むしろわざと引っ捕まってそう説明した方が早いのではないだろうかとさえ思えてしまう。

「それならまだ平和だろ。俺はあんたの血をすするなり肉をかじるなりして不老不死になろうとしているのかと考えていたんだが」

「はぁっ？　何それっ？」

「木乃伊《ミイラ》が薬になるとか、神や妖怪《ようかい》の肉を食ったら不老不死になったとか。昔からあるだろ、そういう話」

甜珪がサラリと言い放った言葉に、呈舜は思わずクラリと眩暈《めまい》を覚えた。

木乃伊が妙薬として扱われていることは知っている。医局の薬簞笥《だんす》の中にもあるはずだ。

つまり、何だ。お相手は呈舜を木乃伊よろしくゴリゴリ削り取って薬代わりにでもしようというのだろうか。それでも呈舜は死なないだろうが、相手がそれで不老不死になるとも思えない。呈舜の不老不死はあくまであの幼女との契約に由来しているのだから、呈舜個人にしか有効ではないはずだ、多分。というか指先や足先をちょこっと削られるだけならば呈舜の体は問題なく回復するはずだが、腕や足を一本とかもぎ取られたらどうなるのだろうか。再生せず、それでも死なないとかいう生き地獄を体験させられるのだけはご遠慮申し上げたい。

「手……手は書家の命なので、できれば足先からお願いします……」

「……何覚悟固めてんだ、あんた」

「未榻君何で『うっわ』って顔で引いてるのっ？　言い出したのは未榻君じゃないか！」

「あくまで可能性って話だったと思うし、それを受け入れろとは一言も言ってないんだが……」

甜珪は溜《た》め息をつきながら一度パンッと手を叩《たた》いた。特に何が起きたわけでもなかったが、鋭い音は場を仕切り直してくれる。

「あんたを名指しで拉致《らち》しようとした人間達が、不老不死の方法を吐かせようとしたのか、あんたを霊薬よろしく使おうとしたのかは分からん。だがあいつらには主《あるじ》がいて、その主は事を急《せ》いているということが分かった」

威儀を正して甜珪に向き直った呈舜も、その言葉に頷《うなず》いた。

「『我らが主』とか『猶予は少ない』とか言ってたもんね」

「ついでに、あんたがいない間に玄月に奪われた紙片の行方も追ってみた」

甜珪は腰を預けていた卓から離れると呈舜の卓の方へ足早に近付いてきた。甜珪の視線の先は呈舜の卓の上に向いている。視線を追ってみると、卓の上に見慣れない地図が載っていた。呈舜がそれを手に取って視線を注ぐと、近付いてきた甜珪がトンッと一点に指先を下ろす。

「大体の位置が分かった。今紙片があるのは、恐らくこの部屋だ」

宮廷の見取り図が描かれた地図。甜珪の指が示した先には『刑部《けいぶ》』という文字が躍っていた。

その文字に視線を注いだまま、呈舜はゆっくりと言葉を紡ぐ。

「……玄月の所業を誰かが訴えて、刑部が没収したとか、そういう話じゃないよね？」

「さすがにそこまでは俺にも分からん。あくまで『今ある場所』しか分かんねぇんだからな。ただ」

「……下穢宮という土地柄と、玄月の今までの態度からして、その可能性は薄い、か」

今日の所業が報告されて刑部が動くなら、玄月が最初の悶着《もんちゃく》を起こした時に既に刑部は動いていたはずだ。この期に及んで刑部が出張ってくるとは考えにくい。

素直に考えるならば、刑部の誰かと玄月が繋《つな》がっていて、その誰かに命じられた玄月が紙片を手に入れるために動いたという線が濃厚だ。玄月はあくまでその『誰か』に『紙片の奪取』を命じられたから紙片に執着を見せ、内容にはこだわらなかった。最初から内容にこだわったならば、呈舜に訳文も寄越《よこ》せと言ってきたはずだ。

「あの紙片の出処なんだけどね、未榻君」

そこまで思いを巡らせ、呈舜は自分が思いついたことをまだ甜珪に伝えていなかったことを思い出した。

「もしかしたら、薬妃《やくひ》様かもしれない」

「薬妃って、先々代の下穢宮の主の？」

「そう。あの老女、薬妃様の宮女として一緒に下穢宮に墜《お》ちた傍仕《そばづか》えなんじゃないかと思ったんだ」

宮女から下穢宮に堕とされた人間だとしたら、遺品に宮女装束が残るはずがないこと。下穢宮に幽閉された主に付き従った使用人なのだとしたら、年代的に薬妃の宮女になることを呈舜は手短に甜珪に説明した。

「薬妃様は、異国からやってきた薬師さんだった。賢かったし、腕は確かだったんだけど、やっぱり生国とこちらでは使っている言葉が違ったから、言葉では苦労されていたんだよね。僕、一時期薬妃様に書を教えていたことがあるんだ」

「やっぱり、直接会ったことがあったんだな」

「……うん。……聡明《そうめい》で、優しくて、……とても素敵な方だったよ」

その薬妃の侍女の中には、薬妃が薬師の助手として連れてきた同郷出身の侍女もいた。薬妃は聡明で物覚えも早かったから、呈舜が書を教えに通っていた頃はすでに日常会話程度なら不自由しないくらいにはなっていたが、その侍女達までそうだったわけではない。薬妃が丁寧に教えていたようだったが、やはり同郷の者は同郷同士で集まって生国の言葉で会話をしていたようで、新しく付けられた宮女達と少し溝があるようで困っているという話を呈舜は聞きかじった覚えがあった。

「その老女、人嫌いだったって話でしょ？　もしかしたら、この国の人じゃなかったのかなって思って」

「同郷出身なら、下穢宮への幽閉の時も自ら進んで同行しただろうしな」

「薬妃様なら、異国語で書かれた薬学書を持っていてもおかしくはない。どうしてそれを持ち続けたのかまでは、ちょっと分からないけど……」

「……もしかしたら、薬妃が下穢宮に堕とされた一件にその書物が関係していたんじゃないか？」

「うーん、ありえなくはないけど。今そこを考えても、仕方がないからねぇ」

とにかく、彼女が薬妃の宮女だと仮定するとすんなり話が通る。下穢宮から出された宮女ならば刑部も存在くらい認識していただろう。薬妃が下穢宮にあの紙片を持ち込んでいたという確信さえあれば、宮女の行方を追うことであの紙片の行方に迫ろうと考えることもできる。

だが。

「でも、どうしてこの時期なの？　薬妃様が亡くなってもう相当な時間が流れた。その間、ずっと放置されていたわけだよね？　薬妃様の存在を知っている人間自体がもう宮廷にほとんどいないと思うんだけど」

呈舜は疑問を口に出したが、そこに関しては甜珪も答えを持ち合わせていないのだろう。

ふつりと甜珪の言葉が止まる。

「……あ。そういえば僕、もう一つ未榻君に言わなきゃいけないことがあったんだった」

その沈黙で医局の蔵書室に閉じ込められて自力で脱出してきたことを思い出した呈舜は、今更ながらそのことを甜珪に報告した。ここを出てから呈舜がそんな目に遭っていたとはさすがに甜珪も予想していなかったのだろう。甜珪の眉間《みけん》に皺《しわ》が寄り、眼光がより一層鋭くなる。

「……よくそんな所に非常口があるって知ってたな」

「あそこの蔵書室には、余命一年を宣告された時にお世話になったから」

少しでも生き延びる手立てがないか、あの時の呈舜は医局蔵書室の蔵書を片っ端から漁《あさ》ったのだ。いつも最終的には内容ではなくて書かれた文字そのものに意識を取られてあまり身にはならなかったのだが、あの経験も無駄ではなかったなと思った呈舜である。

「……まぁ、それを含めてどう考えるかだが。明日《あした》、玲鈴が合流してから考えた方が良さそうだな」

『まぁた面倒事を引っかけてきやがって』とでも言いたそうな溜め息を転がして甜珪は呈舜の前から身を翻した。そんな甜珪にちょっと首をすくめながらも、呈舜は無言で甜珪の行動を視線で追う。

「今夜ここに籠城《ろうじょう》するなら、玲鈴の報告を待っていても手遅れにはならないはずだ」

大扉まで進んだ甜珪は扉に手をかけるとスッと扉を閉めた。また昨日のように結界で空間を閉鎖するのかと思ったが、甜珪は自分を内側に置いたまま扉を閉め切ると結界を張らないまま呈舜の方へ引き返してくる。

「あれ？　未榻君、結界は？」

「俺も今夜はここに泊まる。俺自身がここにいれば、そこまで気張った結界を展開しなくてもいいだろ」

そう答えた甜珪は軽く手を振ると光球をポポポポッといくつか新たに生み出した。光に照らされた呈舜の周囲はまるで昼間のように明るくなる。

──って、もしかして、この流れって……！

「み、みみみ未榻君っ？」

「さぁ、仕事の時間だド腐れ上司」

閉め切られた書庫室の中に風の流れなどないはずなのに、なぜか甜珪から微《かす》かな地鳴りとともに冷たい風が吹き出てきているような心地がする。

「下穢宮に出掛けていた分と医局に出掛けていた分、さらにこの間詰んでいた分の未消化分と片付けなきゃならん仕事が山積みなんだ。ちょうどいい機会じゃねぇか。俺が朝までミッチリ絞ってやる」

その言葉に呈舜は内心だけで声にならない悲鳴を上げた。

これは本気で洒落《しゃれ》にならないやつだ。甜珪が容赦しないと宣言した時は本当に容赦がないのだから。逃走癖がついていて仕事に耐久性のない呈舜なんて一晩も持たずにヘロヘロになる未来が見えている。

──いや、もうほんっと、事情があるにしても今からでも退魔省に転属願を……！

「……あれ？　未榻君」

そこまで思い至った呈舜は、ハタと気付いて甜珪を片手で制した。

「ここに来た理由の一つが、『不老不死である螢架呈舜を観察することで自身の呪いの解《かい》呪《じゅ》方法を探ること』だったんだよね？」

耐久業務に臨むべく書類の準備を始めていた甜珪が胡乱《うろん》げに顔だけを振り向かせて呈舜を見遣《みや》る。その顔に『是』という返事を見て取った呈舜は続く疑問を口にした。

「でも末榻君は、現状で僕の不老不死ならば解呪できるんだよね？」

「……雑草の引き抜き方が分かった所で、大木の引き抜き方は分からんだろうが」

「ちょっと待って。僕の不老不死を雑草扱いされるの、何だか腑《ふ》に落ちないんだけど」

あまりの言われ様に呈舜は思わず苦言を口にする。

だが言いたいことはそれではなかったと思い出した呈舜は、不満をグッと押し込んで先程思い立った言葉を続けた。

「とにかく、僕を観察する必要はもうないってことだよね？　だったら、もっと効率よく不老不死の情報を探せる場所に異動しようとは思わないの？」

甜珪に事情があって退魔師を仕事に選ばなかったことは分かった。だが退魔省の長である宮廷退魔長は甜珪の師で、甜珪が退魔長に紹介されてここにやってきたということならば、退魔長は甜珪の事情を知っているということだ。そうであるならば事情を加味してもらった上で退魔省に所属するという道も無きにしもあらず、なのではないだろうか。

餅《もち》は餅屋。薬のことならば専門は医局。それと同じように呪術の専門知識が一番集まるのは退魔省、もしくは甜珪が昨年まで通っていた祓魔寮《ふつまりょう》ということになる。書庫室で呈舜を観察する必要性がなくなったならば、甜珪はもっと可能性のある部署に異動した方がいいのではないだろうか。

「……俺がここにいたら、迷惑か？」

そう思って問いを発したのだが、甜珪から返ってきたのはそんな言葉だった。

「……いや、迷惑かって」

そういう問題ではないんだけども。

「俺の事情があんたの迷惑になるなら、どこへなりとも異動は考えるが。現状、俺の意思での異動は考えていない」

甜珪は呈舜を見据えたまま淡々と答えた。態度にも声音にも、特に変化はない。

……ないように、思えるのだが。

――……あれ？　もしかして末榻君、ちょっとへこんだ……？

「……全然、迷惑ではないんだけども。むしろ、ありがたいというか、本当に異動されたら仕事が回らなくなって困るんだけども」

いついかなる時にどんな言葉を向けられても、氷土を渡る風のごとき冷たさの切り返しを見せてくるのが、末榻甜珪という人間だ。

そんな甜珪が、明らかに呈舜の言葉でへこんだ。常にズバズバ切られる側だった呈舜の言葉で。

──いや、待って？　僕、普通に疑問に思ったから訊《き》いただけだったんだけど。

もはやどう反応したらいいのか分からない。先程の『凛《りん》と弱い甜珪』を前にした時以上にどうしたらいいのかが分からない。これはもはや天変地異並みの出来事と言える。

「ただ、未榻君自身に、ここにいる利点というか……そういう物はあるのかな、と思っただけで」

驚愕《きょうがく》しすぎて逆に表情が抜け落ちた呈舜は、これまた驚愕しすぎて感情が抜け落ちた声で、かろうじてそれだけを口にする。

そんな呈舜をどう受け取ったのか、甜珪は一瞬だけ呈舜から視線をそらすと、もう一度真っ直ぐ呈舜に視線を据え直した。体ごと呈舜に向き直った甜珪がしゃんと姿勢を正す。

「俺は、本質を見ない人間が嫌いだ」

「へ？」

「家格、身分、年功、容姿、性別。相手の実力や内面を知らずに、そういった外面《そとづら》で相手を判断して勝手に優劣をつける人間が、俺は嫌いだ」

「……うん、知ってる」

甜珪に合わせて思わず自分まで姿勢を正した呈舜は、甜珪の唐突な言葉に神妙に頷《うなず》いた。

甜珪のそういう姿勢は日々の業務で痛いほどに知っている。ちなみに主に痛むのは呈舜の胃だ。胃の腫瘍《しゅよう》は不老不死の恩寵《おんちょう》で随分前に完治しているはずなのに、甜珪が威張り腐るお偉いさん達をその舌鋒《ぜっぽう》でケチョンケチョンにしてくるたびに呈舜の胃はキリキリと悲鳴を上げる。逆に誠意を以《も》って接してくる相手には、相手がどこの部署でどんな身分であろうとも、誠心誠意、業務対応以上の手厚い対応をしているから、そこはひっそりと尊敬しているのだけれども。

「『未榻甜珪』を、外面だけで判断しない人間は少ない。それは俺が今まで積み上げてきた物がある以上、仕方がないことなのだと周囲に言われてきた」

呪術師として鍛えているせいなのか、甜珪はことさら姿勢が美しい。同年代に比べて若干小柄な甜珪だが、実際よりも存在が大きく見えるのはいつでもしなやかで美しい姿勢が影響しているのだろう。そんな甜珪がかしこまって相対してくると、思わずこちらも威儀を正さずにはいられない風格がある。

「だが貴方《あなた》は、俺自身に、真っ直ぐに向き合ってくれました。俺の前評判を耳にしていたにもかかわらず、ただの人として、ただの新入りの部下として、他の人間と変わることなく接してくださいました」

まだ十八年しか生きていない青年だとは思えない風格を湛《たた》えて立った甜珪は、その空気を従えたまま静かに呈舜に礼を取った。

切れの鋭さが前面に出る礼は、優雅と評するには些《いささ》か鋭すぎる。だが凛と張り詰めたその礼は、呈舜が今まで見てきたどんな礼よりも美しかった。

「貴方のそんな所を、俺は尊敬しています。『書』だけではなく、書物や、書に関わる器物、知識そのものにも心の底から敬意と愛情を注ぐ、その姿にも」

ついっ、と下がった頭が、ゆっくりと元の位置に戻る。一度伏せられた瞳《ひとみ》が再び呈舜に据えられた時、呈舜は確かにそこに言葉以上の敬意があるのを見た。

「……俺が不老不死の解呪に繫《つな》がらずともここに居続けたいと願う理由はいくつかありますが、その内の一つがこれです」

――未榻君が、僕を尊敬している？

思ってもいなかった言葉に、呈舜は姿勢を正したまま目を瞬《しばたた》かせた。そんな呈舜の先で、甜珪は答えを待つかのように静かな視線を呈舜に注ぎ続けている。

――そんな風に思っていてくれてたの？　普段あんなに僕のことしばき倒してるのに？

「……まぁ、不老不死の先達であるあんたを観察し続けることは俺にとって不利益にはならんし、ここの仕事は気に入っている。煌《きら》びやかな場は、元から苦手だしな。組織に属してはいないが退魔師として動く分には不自由していないから、ここにいることで不老不死の解呪に不利益が生じることも現状ではない」

想定外のことに呈舜があまりにも呆《ほう》けていたせいか、甜珪はフィッと顔を背けると今度こそ書類の準備に行ってしまった。その横顔に照れ隠しが見えたような気がしたのは、呈舜の気のせいだったのだろうか。

「……ねぇ、未榻君」

微《かす》かに見えたそんな表情にフッと肩の力が抜けた呈舜は、口元をへにょっと緩めながら甜珪に声を掛けた。だが甜珪はもうこれ以上の雑談に付き合うつもりがないのか、今度は視線さえこちらに向けてくれない。

「不老不死の解呪に繋がらないのにここに居続ける他の理由って、何なの？」

それでも甜珪はきちんと呈舜の言葉を聴いてくれている。そんな確信があったから、呈舜は甜珪から返事がなくても問いを向けた。

案の定、その声に甜珪は手を止めないまま答えをくれる。

「あんたがここに嬉々《きき》として入り浸ってる理由と、似たり寄ったりだな」

「……あぁ、やっぱり？」

予想通りの言葉に、呈舜は思わず笑みを零《こぼ》した。

――だって、ねぇ？　同族には分かるものなんだよね。

例えば、書架に思わず伸びてしまう手の動きだったり。何気なく開いた書面に目を吸い寄せられている瞬間だったり。修繕する時に労《いた》わるように滑る指先だったり。何だかんだと文句を言いつつ仕事をしてしまう辺りだったり。

そんな姿を日常的に見ていれば、甜珪が好き好んでこんな場所にいる理由なんて、自然と分かってしまうものなのだ。『不老不死の解呪のため』だけでここにいるわけではないことくらい、鈍い呈舜でも分かってしまうものなのだ。

そしてその『理由』が、呈舜にとっては、甜珪が『白旺供』を知っても態度を一切変えなかったことと同じくらい、嬉《うれ》しかったりする。

呈舜は卓についたまま『んー』と伸びをした。そんな自分がいまだに笑みを噛《か》みしめてニマニマしているのが分かるし、呈舜の様子に甜珪が眉《まゆ》をひそめたのも分かった。

「仕方がないから、たまには仕事を頑張ろうかな」

「……口に出してる暇があるなら、さっさと取りかかれ」

甜珪からの言葉は、照れ隠しのためなのかいつも以上にそっけない。

だけど何だかそれさえもが嬉しくて、呈舜はいつも以上にふわふわした気持ちで筆を手にしたのだった。

# 《伍》 静菊乱梅　誰が為に散らん

「さて」

爽《さわ》やかな朝。普段の業務開始時刻よりはるかに早い時間。いつも通りの書庫室に、普段はない香りが漂う。

「ただ今より、対策会議を行う」

「はーい！」

「……ちょっと待って……。何で未榻《みとう》君だけそんないつも通りの雰囲気でいられるの……」

普段は蔵書閲覧用に使われている円卓の上には玲鈴《れいりん》が差し入れてくれた朝食が並べられている。甜珪《てんけい》が退魔術を使って温め直してくれたから、彩り豊かな食事はホコホコと出来立てのような湯気を上げていた。思い返せば呈舜《ていしゅん》は昨日の昼から何も食べていないので香りだけで胃袋がすでに悲鳴を上げている。

だが甜珪との耐久業務で体力を使い果たした呈舜は椅子に崩れかけたように座すので精

一杯で、箸《はし》を持つ気力さえなかった。

「甜珪って、昔から睡眠時間が極端に短いんですよ。学生時代は徹夜も日常茶飯事で」

「生きるために必要だったんだ。今はそんな無茶はしていない」

朝一で顔を出した玲鈴はきっちり自邸で休んできたのだろうから、昨日と変わらず愛らしく爽やかであるのは分かる。呈舜が疑問なのは、呈舜とともに徹夜で耐久業務をこなしたはずである……いや、呈舜よりもキリキリと徹夜業務を完遂したはずである甜珪が、まるでついさっき出仕したかのような爽やかな雰囲気で卓についていることだった。

――確かに僕にしては珍しく、自分から乗り気で仕事に向かったけども……。いや、そうでも仕事であることに変わりはないから、疲れることに変わりはないというか、覚悟を固めて筆を執ってもそんな覚悟が一晩続くわけがなかったよなっていうか……

というよりも、昨晩の甜珪はいつにも増して呈舜に厳しかった。あれはきっと、照れ隠しやら腹いせやら、色んな物を含んでいたに違いない。

「ん。美味《うま》い。胡吊祇《うつりぎ》家の料理を食うのは久々だが、相変わらず美味いな」

「甜珪の所への差し入れだって言ったら、料理人のみんなが気合を入れて作ってくれたの」

「そうか、最初から俺用に用意してくれたんだな。道理で高級食材が入ってないわけだ」

「甜珪が高級食材嫌いなことはみんな知ってるもの。甜珪が一番美味《おい》しく食べられる物をって考えてくれたみたい。渡された時に『あまりご無理はなさらないでくださいと伝えてください』って言われたよ。みんな心配だったみたい」

「ん。今度礼に何か持ってく」

グッタリした呈舜を尻目《しりめ》に幼馴染《おさななじみ》ならではの言葉を交わしながら二人は食事をしている。甜珪も玲鈴も随分いい食べっぷりだ。やはり体を動かす仕事をしているせいなのだろうか。

呈舜は何とか気力を回復させると蒸籠《せいろ》の中から肉まんを取り上げた。ふかふかの生地にかじりつくとジワッと肉の旨《うま》みが口の中にあふれてくる。確かに、とても美味しい。

「さて、現状の整理だが」

そんな呈舜を横目で確認しながら、甜珪は口を開いた。

「うちの書庫長サマは、三つの揉《も》め事に巻き込まれている。一つ目は下穢宮《げわいきゅう》の揉め事から見つかった丹《タン》の製造方法が記された紙片の一件。二つ目は本人の不老不死に端を発する一件。三つ目は医局に閉じ込められた一件だ」

そんな甜珪に呈舜は肉まんにかじりついたまま首を縦に振る。

「一件目に関して。紙片は今刑部《けいぶ》にあることが分かった。つまり玄月《げんげつ》は刑部と繋がっていたと考えられる。紙片の出処は下穢宮の先々代主であった薬妃《やくひ》ではないかという考えが出た。……で、玲鈴」

「うん。御姉様と御父様にお願いして、色々調べてもらいました」

話を振られた玲鈴は箸を置くと懐から紙の束を取り出した。どうやら覚え書きのようだ。

「宮女装束の特徴を伝えた所、御姉様と景丹《けいにでん》殿に仕える侍女のみんなから、芙蓉《ふよう》殿の宮女の装束に近いという意見をもらいました。襟の部分が男性の袍《ほう》のような形になっていたのを覚えてる？　あれは玻麗《はれい》より北の国の宮廷装束に見られる特徴で、今の後宮であの形の宮女装束を使っている所はないんだって。直近の後宮で異国からいらした方は薬妃様しかいないから、薬妃様の宮女の装束と見て間違いなさそうなの」

ということは、彼女は薬妃の宮女で、紙片の出処は薬妃と見てもう間違いはないだろう。推量はついていたが、こうして裏が取れたことはありがたい。

「あと、玄月と紙片の方なんだけど。昨日、甜珪から式文をもらっていたので、御父様にお願いして、軍部ではなく刑部の人の流れを調べてもらいました」

『え、未榻君、そんな指示を出してたの？』という言葉が喉《のど》から出かかったが、呈舜はそれを肉まんとともに無理やり呑《の》み込んだ。

「特に刑部から出ていった人の流れを重点的に調べてもらったの。異動や左遷、あとは刑部を最後に宮廷を辞した人。大半の人間の足取りが摑《つか》めたんだけど、一人だけ行方知れずになっている人がいたんだって」

そこまで説明した玲鈴は、覚え書きの中からスッと一枚を抜き取ると甜珪に手渡した。素早く内容に目を走らせた甜珪はその紙を呈舜へ回してくれる。

「急に姿を消したらしいんだけど、その理由が公にされていないの。特にその時期に何か事件があったわけでも、当人に持病や失踪《しっそう》する理由があったわけでもないんだって。宮城を出たという記録も残っていないから、本当に雲隠れ状態らしくて」

「あの時間からの依頼で、よくここまで摑めたな」

「御父様、今は中書《ちゅうしょ》省内史令だけど、その前は吏部《りぶ》尚書《しょうしょ》だったから。人事に関係する事なら昔のよしみで無茶を言いやすいんだって」

「……今度、藍宵《らんしょう》様にも何か持っていくか……」

「手作りお菓子がいいなって言ってたよ」

「……考えとく」

今度は『未榻君ってお菓子まで作れるの？』とか『中書省内史令とそんな気安く接する仲だったの？』という言葉が出かけたが、今度は口にくわえた春巻きとともにその言葉を呑み込んだ。何とか意識を手元の紙に集中させ、『流麗な筆致は女性的だけど、文字一つ一つに焦点を当てると厳格さもある男性的な文字だよね』と書馬鹿を発動させる己を抑え、書かれた内容を頭に叩《たた》き込む。

伴季水月《ばんきすいげつ》。刑部尚書である鳳斗紀陽《ほうときよう》の甥《おい》にあたり、刑部への入省も縁故を利用してねじ込まれたものだったとされている。尚書の甥という権力を使ってやりたい放題していたらしいが、半年ほど前に急に姿を消し、消息を絶った。失踪直前に任されていた仕事は……

「……下穢宮の、管理官」

「当人は部下に任せて現場に顔を出すことはなかったらしいが。薬妃の宮女が貧民街の方へ出たことに関しては、知っていただろうな」

思わず呟《つぶや》いた言葉に甜珪が言葉を添えた。覚え書きから顔を上げると、玲鈴が言葉を続ける。

「それと、これは姉から聞いたことなのですが。……今、陛下の後宮の中は、揺れているそうです」

「と、おっしゃると？」

「菊花殿《きっか》にいらっしゃるお妃《きさき》様のご容体が、よろしくないそうです」

「菊花殿……。今は、確か」

「皇帝陛下の宝物管理責任者、紫多羅楊兄《しだらようけい》様のご息女です」

皇帝の正后《せいごう》が住まう舎殿は牡丹《ぼたん》殿だが、皇帝の後宮には他にも花の名前が冠された舎殿がいくつも存在している。その中でも菊花殿と梅花《ばいか》殿は正后に次ぐ格を持つ貴妃《きひ》が住まう舎殿とされ、代々位の高い貴妃が主《あるじ》となってきた。

宮廷で台頭している貴族達の中で紫多羅は比較的新しい家だ。だが代々皇帝陛下の宝物の管理を任されてきた紫多羅家には財力がある。当然、後宮においても紫多羅家の娘である菊花殿の影響力は強い。

その菊花殿が体調を崩した。そのまま亡くなれば後宮の支配者が一人消えることになる。亡くなる所まではいかなくても、体を悪くして影響力が陰れば勢力図は変わるだろう。

『猶予は少ない』、『主のお望みだ』

そう考えていた呈舜の耳に、そっと甜珪の声が忍び込む。甜珪は苦そうな顔で肉炒《いた》めを咀嚼《そしゃく》していた。

「どうにも繋《つな》がりそうな気配がしてきたな」

「あの男達が、紫多羅の配下かもしれないって？」

「今の宮廷で一番不老不死を欲してそうな人物が出てきたなと思ってな」

甜珪は口の中の物を呑み込むと玲鈴へ視線を流した。そんな甜珪に玲鈴は緩く首を振る。

「そこまではちょっと私にも分からない。ただ、紫多羅管理官が、菊花殿様のためにありとあらゆる霊薬を片っ端から集めてるって話はあるみたいだけど……」

「ほぼ黒じゃねぇか」

「『決めつけるのは良くない』って、甜珪よく言うじゃない」

「ねぇ、玲鈴様。今の梅花殿の主はどなただったっけ？」

そんな甜珪を珍しいなと思いながら、呈舜は新たな疑問を玲鈴に向けた。

正后である牡丹殿の地位は盤石だ。東宮の実母でもある牡丹殿の地位はもはや揺るぎようがない。

ならば注目すべきは菊花殿と同格とされている梅花殿だろう。菊花殿の影響力が弱まれば自然と梅花殿の影響力は強くなる。菊花殿が廃されて一番美味しい思いをするのは恐らく梅花殿だ。

「梅花殿様は、多迦辺《たかべ》の姫君です。確か宮廷にいる血縁となると、医局大夫、楚早大輿《そはやたいこう》様が母方の御祖父様《おじいさま》に当たったと思います」

「医局大夫の孫？　親の代は官職に縁がないのか？　梅花殿の親になるのに」

「末榻君。多迦辺はね、家名は古くて由緒があるんだけど、もう没落してしまった家なんだ」

多迦辺は胡吊祇と並ぶ由緒を持つ家だ。だが胡吊祇一族とは違い、政《まつりごと》に関わる手腕がなかった。それでも細々と官職についてきたはずだが、何代か前の当主が政変に巻き込まれて宮廷を追われ、ついに官位を失ったという話だ。

今や家名のみの家とも言えるが、後宮ではその家名が物を言うこともある。恐らく多迦辺の姫が後宮に入ることになった時、当時の人々は『多迦辺』という名前を軽くは扱えなかったのだろう。家は新しいが財力のある菊花殿とは対照的な妃と言える。

「没落した家からよく妃が出たな。梅花殿そのものもよく維持できたもんだ。後宮の妃は、実家の援助で色々維持していくんだろ？」

「当代梅花殿は絶世の美姫《びき》だって噂《うわさ》だからね。若い頃は菊花殿様を押しのけて陛下の寵《ちょう》愛《あい》をほしいままにしていたとか。寵愛をほしいままにするってことは、お金の流れも握ってことだから、色々陛下に特別に援助してもらっていたんじゃないかな」

ただその寵愛も、梅花殿が歳《とし》を重ねて美貌《びぼう》が衰えたことで薄くなった。今の梅花殿への寵愛はそこまで絶対的とは言えない。後宮への影響力はやはり強いだろうが、絶対的支配者とも言えないのが実情だろう。

「……医局での出来事が故意だったのか事故だったのかにもよるが、梅花殿が医局と繋がりそうだな」

「じゃあ刑部は？　そもそも玄月って軍部堕《お》ちって話じゃなかったっけ？」

呈舜は改めて疑問を投じた。だが玲鈴も甜珪もそこには糸口が見つけられなかったのか、口をつぐんでしまう。

「……刑部と軍部が共謀していて、玄月としての経歴を詐称するのに手を貸していた、とか？」

「そもそも玄月の虚言だったたって可能性もあるし、あれだけ武芸の腕前があるなら、軍部だったとしても十分通用するとは思うが」

「刑部と、刑部の依頼で兵を出す軍部って、ちょっと業務内容が被《かぶ》ってる所があるからなぁ。そこを周囲が勘違いしたってのもありそうだよねぇ。……あれ？　でも本人が『軍部』って明言していたような」

それぞれ言い合い、結局口を閉じる。

ここで論じられているのは、あくまで推量だ。どれも確定したことではない。だがとりあえずとてつもなく厄介なことに巻き込まれてしまったことだけは分かる。さっさと解決しなければ平穏に趣味に走ることもできない。

「っっあ～っ！　どうしろっていうのぉ～っ！」

あまりに打つ手のない状況に思わず呈舜は卓に突っ伏した。そんな呈舜をよそに甜珪が食事を再開する音が聞こえてくる。それが面白くない呈舜は思わず卓に突っ伏したまま甜珪に絡んだ。

「何とかしてよぉ、みとーくーん！　このままじゃ書にも集中できないよぉっ！」

「その前に仕事しろ」

「仕事はさっきまで散々片付けてたじゃないかぁっ！」

うぇ〜ん！　と大人げなく泣き真似をしてみても、平静に食事を進める甜珪の手は止まらない。それがほんのり悔しい。

「じゃあ、分かりやすく踊ってもらうか」

結局甜珪が再び口を開いた時には、卓のほとんどの皿が空になっていた。チラリと視線を上げると玲鈴の周辺の皿もことごとく空になっていたから、二人揃って呈舜をほったらかして腹ごしらえをしていたらしい。

「……踊ってもらうって、どーするの」

拗《す》ねを隠さないまま口を開くと、甜珪は静かに椅子を引いて立ち上がる。

軽く呼吸を整えた甜珪は、何かを呼び付けるように右手を翻した。

『帰結』

短い言霊が極限まで縮められた呪歌《じゅか》だと分かったのは、甜珪の指の先に燐光《りんこう》が舞ったからだった。燐光はあっという間に光の渦になり、その中から一枚の紙片を生み出す。

それが何であるのか気付いた瞬間、呈舜は思わず椅子を蹴《け》って立ち上がっていた。

「そっ…それ……っ！」

「返してもらった」

あっさりと言い放つ甜珪の手の中にあったのは、玄月に奪われたはずである紙片だった。

一瞬幻覚か何かを見ているのかと我が目を疑ったが、甜珪に手渡された紙片に触れてみればそれが間違いなく本物だと分かる。

「場所が分かっていて、それが近い場所にあれば、呼び付けることもできる。幸いこいつには、通路を繋げることができるくらい濃く俺の霊力が残っていたしな」

パクパクと口を動かす呈舜へ指を突き付け、甜珪はいつもと変わらない怜悧《れいり》な瞳《ひとみ》を向けた。

「推論しか成り立たなくて相手の意図も分からないならば、相手に出てきてもらって語ってもらうのが一番手っ取り早い」

嫌な予感がした呈舜はヒクッと顔を引きつらせる。そんな呈舜を察したのか、甜珪は滅多に見せない爽《さわ》やかな笑みを見せた。

「玄月が執着を見せたのはこの紙片。あんたを襲った人間が狙ってんのはあんたの身柄。明稀《めいき》が狙ってんのもあんたの身柄だ。あんたがこの紙片を持って無防備にウロウロしててくれやぁ、黒幕の内のどっかは釣れるだろ」

「みっ、未榻君……それ、僕の身の安全に対する保障は……？」

「大丈夫だ。あんた、不老不死なんだから」

にこっと笑った甜珪が、一瞬瞳に殺気をにじませる。ヒッ！　と体が跳ねたのは、もはや日々の躾《しつけ》による条件反射だろう。

「ピーピー嘆いてるくらいならちったぁ自分で動きやがれってんだ、このクソ上司」

青ざめた呈舜は思わず玲鈴へ助けを求める。だが玲鈴は気の毒そうな表情を浮かべながらも助け舟を出そうとはしてこない。

——おかしいなぁ、書庫室は、安全地帯だったはずなのに。

すくみ上がったまま、呈舜は思わずそんなことを思ったのだった。

＊・・＊・・＊

その日、宮廷では各所で宮廷書庫長が真面目に仕事に励む姿が目撃された。

「螢架《けいか》書庫長!?　お珍しい……。未榻司書はどうなされたのですか？」

「え。あっ、あははー！　実は溜《た》めてた仕事を片付けるために昨日無理に宿直《とのい》をねじ込んでもらっちゃってさー。今日は代わりに休みを取ってもらったんだ」

依頼資料の配達に姿を見せた書庫長を見止めた若手官吏が二人、その珍しい光景に目を丸くする。

「未榻司書はお休みなのですか。あの仕事の鬼の未榻司書が……。それもまた珍しいですね」

「ではあまり仕事を回さない方が？」

「や！『俺がいないことを理由に仕事をサボるな』って脅されてるんだ。御用があったら、いつも通りに頼むよ」

「はぁ、それは大変ですなぁ」

「頑張ってくださいね」

対応に出てきてくれた二人に見送られ、実に珍しく書庫長は真面目に仕事を片付けるべく次の配達先へと去っていった。

そんな書庫長の姿は、刑部でも目撃されたらしい。

「お届け物ですよ、鳳斗尚書」

「あ？……ああ、そこに置いといてくれ。今立て込んでいて……」

何やら刑部は慌ただしかった。

そんな刑部の中にひょこっと顔をのぞかせた書庫長は何気なく刑部尚書に声を掛ける。

「おや、不穏なことでもありましたか？」

「貴殿には関係ない」

「ふぅん……。そういえば鳳斗尚書」

「何だ？　今忙しいと……」

「うちの部下は優秀なので、奪われた物を取り返すことなんて朝飯前なんですよ」

「っ!?　な、何の話……っ！」

「まぁその彼も、今日は休みなんですけどねぇ～。では、失礼しま～す」

言いたい事だけ言い置いた書庫長は、足早に刑部を去っていく。

次に書庫長の姿が目撃されたのは医局だった。

「明稀せんせっ」

「わっ！　……あっ！　螢架書庫長……っ！」

気配を消して明稀の背後に立った書庫長は、飛び上がらんばかりに驚いた明稀にほんの少しだけ申し訳なさそうな表情を向ける。

「昨日は、勝手にお暇《いとま》して、大変申し訳ありませんでした。扉が閉まっていて身動きが取れなかったものですから。声を上げても向こう側に届いていなかったようですし……」

「非常口を開けっぱなしにしてしまったことも申し訳ありませんでした。書物、みんな無事でした？　あ、盗《と》られたものは何もありませんでしたよ。良かったですね〜」

「は、はぁ……あ、いや……」

「では、失礼しま〜す！　蔵書室の目録を作成される際にはぜひお声がけくださいね〜！」

「あ……あ………」

ここでも言いたい事だけを勝手に言い置いた書庫長は、にこやかな笑みを残して去っていった。

他にも依頼された資料の配達や久し振りに書画の依頼を求めて宣伝活動をするなど、常の怠惰な勤務態度はどこへ放ってきたのかと思うくらい、書庫長は勤勉に動き回った。

「申し。宮廷書庫室書庫長の螢架呈舜殿はこちらにおられるか」

そんな呈舜の元に男にしては妙に甲高い宦官《かんがん》特有の声がかかったのは、昼を幾分か過ぎた頃だった。久しぶりに書画を書こうとしていた呈舜は、その呼び声に席を立って大扉の前へ向かう。

大扉の前にいたのは、中肉中背の、顔立ちにも特にこれといった特徴のない宦官だった。

「さる高貴な御方が貴殿をお呼びだ。御同行願おうか」

「……その呼び出し、拒否は許される？」

「貴殿の首など簡単に飛ばせるが」

「あー、はいはい。そういう感じね」

呈舜は中に取って返すと形だけ用意していた道具を簡単に片付け、書庫室の戸締りをすると宦官の後に続いた。宦官は皆一様に薄墨色の袍《ほう》を纏《まと》っているから、どこから派遣されてきた者なのかは見ただけでは分からない。

だが、宦官の主な職場と言えば……

「……お入りください」

宦官が示した通用口は、呈舜が昔後宮に書の指南に赴いていた時代と変わらず質素で小さかった。後宮の正門をくぐれる人間は、皇帝とそのお付きだけで、他の人間はこういった小さなくぐり戸を使って後宮と外を行き来するという風習は、今も昔も変わらないらしい。

――すぐに動きがあるだろうと踏んではいたけど、まさかこんなにすぐ、正々堂々と本丸が呼び出しに来るとはね……

後宮の中に足を踏み入れた呈舜は、変わらず前を歩く宦官の後ろを無言で進む。無論、ここまで無策のまま無防備についてきたわけではない。全ては甜珪の策略通りだ。

――でも本当に大丈夫なんだよね？　未榻君……！

いつも以上に熱心に仕事に励んだのも、久し振りに貴族達から書画の作成依頼をもらおうとしたのも、全て『甜珪は今日呈舜の傍《そば》にいない』『呈舜は一人で無防備に動き回っている』ということを周囲に印象付けるためだ。刑部と医局にあえて顔を出したのも、黒幕の疑いが濃い所をわざと突《つ》きたかったからである。

『黒幕が接触してきたら、あえて捕まれ』

朝の作戦会議の時、甜珪は呈舜にそう命じた。

『黒幕が菊花殿であろうが梅花殿であろうが、医局だろうが刑部だろうが、時間に猶予がないことは多分どこも同じだ。厄介な俺がいない隙に一気に片付けたいと考えるのもみな同じ。あんたを確保した時、黒幕の一番上も動く』

こちらから打つ手がないならば、相手の懐に飛び込んで一気に叩《たた》くしかない。そしてありがたくもないことに、相手の狙いが呈舜だということは確定している。事件を解決したい当人が最大の餌で、大抵のことならば死なない不老不死なのだから、これを最大限利用しない手はないというのが甜珪の策だった。

――いや、分かる。分かるんだけどさ未榻君。……君、僕が君の上司だってこと、本当に分かってやってるんだよね？　僕のこと尊敬してくれてるって言ってたよね？

内心でそんな文句を呟《つぶや》きながらも、呈舜は宦官の後ろを無言で進む。

後宮の中に足を踏み入れるのは実に久し振りのことだったが、中はそうそう簡単に変わるものではない。見覚えのある通路を進んでいると、呈舜でも知っている舎殿の前に出た。

今の時分から冬の初め頃までが一番美しく映える庭。舎殿の妃《きさき》の部屋からは、今が盛りの菊花が窓枠を額縁代わりにして一幅の絵のように見えることだろう。

菊花殿。

黒幕候補の本拠地まで呈舜を導いた宦官は、そのまま滑るように菊花殿の中へ入っていく。

「玉姫《ぎょくひ》様」

菊花殿の中は、不思議なくらい人気がなかった。庭を歩いた時も、舎殿の中に入ってからも、人の姿がどこにもない。広く壮麗な舎殿はあるのに、どこかがらんどうな空気が流れている。

そんな中、宦官は美しく菊が彫刻された美麗な扉の前で傅《かしず》いた。

「玉姫様。宮廷書庫室書庫長、螢架呈舜様をお連れ致しました」

「……ご苦労様です」

中から返る声は、細いが凛《りん》と響いた。

「夜蔓《やつる》、後は指示していた通りに」

「……は」

声に低く頭を下げた宦官は、呈舜を一瞥《いちべつ》するとどこかへ下がっていく。

一人その場に残された呈舜は、しばらく美しい扉を眺めた後、そっと菊の扉を開いた。

その瞬間、呈舜の鼻をくすぐったのは、芳醇《ほうじゅん》な菊の香りだった。

次いで、菊の香りに負けないくらい強く、馴染《なじ》みのあるにおいが届く。

――……嗚呼《ああ》。

その二つの香りに瞳《ひとみ》を伏せて、呈舜は両方の袂《たもと》を合わせて手を重ねると、優雅にその場に膝《ひざ》をついた。

「お呼びと伺い、罷《まか》り越しました」

呈舜の声に、窓際の長椅子に腰かけていた麗人が振り返る。

その人は、死期を色濃く侍《はべ》らせた顔で、それでも優雅に微笑《ほほえ》んだ。

「菊花殿玉姫様」

――この御方はもう、助からない。

芳醇な死臭を漂わせる後宮の権力者の一人は、優雅に微笑んだまま呈舜を部屋へ招き入れた。

＊・＊・＊

「しばらく前から、予兆はありました」

玉姫は、庭に視線を置いて語り始めた。

「体力の衰えと、厭《いや》な咳《せき》。多分治らないだろうとも、早いうちから覚悟はできていました。わたくしの母も、若くして同じ病で逝《い》ったから」

呈舜は、そんな妃と離れた場所に立っている。妃からは椅子を勧められたが、丁重に断った。

「わたくしの子供達は、皆わたくしの手から離れました。息子は臣籍《しんせき》に降《くだ》って一族を立て、娘の一人は臣下へ、もう一人は国外へ嫁ぎ、縁を結びました。皆、立派にやっております。わたくしの役割は、もう終わったのです」

淡々と語る玉姫は、満ち足りているようだった。実年齢以上の歳《とし》を重ねて見える口元には、穏やかな笑みさえ浮かんでいる。

「螢架書庫長、貴方《あなた》には謝らねばなりません。わたくしの父の妄執が、貴方の身を害したと聞きました。許されることではありません。詫《わ》びぬうちは死ねぬと思い、夜蔓に動いてもらいました」

玉姫の瞳が、言葉と同じ静けさで呈舜へ据えられた。

「……菊花殿様は、不老不死を、お望みではないのですか？」

「生きとし生けるモノ、皆生まれて死にます。時の流れに生まれ落ちた者は、時と共に生き、時と共に死んでいかねばなりません。この庭に咲く菊花と同じこと」

玉姫の瞳には、強い光があった。理知的で、怜悧《れいり》で、……甜珪の瞳によく似ていた。

呈舜はその瞳を、強い覚悟のある者の瞳だと思う。

「しかしわたくしの父は、その道理を分かっていらっしゃらない」

甜珪と同じ瞳で甜珪と同じ言葉を語った玉姫は、ふっとその瞳を陰らせると再び視線を庭に置いた。

「ありとあらゆる霊薬をわたくしに注ぎ込み、そのどれもが効果を出さないということに業を煮やしたわたくしの父は、不老不死を目指す仙道に傾倒しました。それでも丹《タン》は眉唾《まゆつば》物だと分かる理性は残っていたのでしょう。……ただ父は、己の目で不老不死を体現する人物を見ていて、不老不死が実在することを知ってしまっていた」

「……紫多羅管理官は、私のことをご存じでしたか」

「父が宮廷に上がった時と、貴方様が書記官を退いた時は、ほとんど同じだったそうです。

ただ宮廷に上がりたての頃、何度かチラリと、先代陛下のお傍で筆を執る貴方様の姿を見、周囲の噂《うわさ》を聞いて知っていたのだとか」

呈舜の記憶に紫多羅管理官の姿はない。だがギリギリ白旺供《はくおうきょう》を知っていてもおかしくはない年代ではある。白旺供を直《じか》に見ていて周囲の噂を聞いていたならば、娘の死期にそのことを思い出し、不老不死に縋《すが》りたくなる気持ちは分からなくもない。

「父は、新興貴族紫多羅らしく、財や権力を成すことに貪欲でした。その気性は、今なお変わっておりません」

呈舜は紫多羅管理官の気持ちを親が娘を思う気持ちだと捉《とら》えたのだが、そうではないのだと玉姫は首を振った。全ては、父の我欲であると。

「わたくしがもうこの歳です。父は官を退いていても良い歳をとうの昔に過ぎました。それなのに父がまだ官を退いていないのは、父の執着の他に、わたくしが菊花殿であったという理由もあります」

裏を返せば、玉姫が亡くなれば紫多羅管理官が今の地位にいる理由がなくなる。娘の地位を使って己の立場を確固たるものにしてきた紫多羅管理官にとって、玉姫の死は何としてでも回避しなければならないことだった。

「……貴女様《あなたさま》ご自身は、執着はないのですか？」

だから、紫多羅管理官は己の私兵を使って呈舜を襲った。呈舜を手に入れ不老不死の術《すべ》を聞き出すつもりだったのか、血肉をすすらせて玉姫に不老不死を授けようとしたのかまでは玉姫にも分からないということだった。

「后《きさき》ではなく妃であったとはいえ、貴女様は菊花殿という栄華を手中に収められた。その栄華を、もっと長く享受されたいとは、思われないのですか？」

そう語る玉姫に、呈舜は静かに問いかけた。

そんな呈舜に、玉姫は最初に見せた優雅な笑みを返す。

「先程も言いました。わたくしの役目は、もう終わったのです」

髪は結い上げているが、控えめな飾りが一つだけ。耳環《じかん》も首飾りもなく、見様によっては宮女にも見える質素な姿で、それでも貴妃《きひ》にふさわしい空気を玉姫は纏っていた。

「病で早くに亡くなった母は、口癖のように言っておりました。執着で我を失ってはいけない。大切なものが見えなくなる。あの世には己の心と思い出だけしか持ってはいけないのだから、心の目を開きなさい、と。……若い頃は、それが何を言っているのか、よく分からなかった」

後宮の覇権と皇帝の寵愛《ちょうあい》、その全てを手中に収めるつもりで後宮に上がった。貴妃として贅沢《ぜいたく》を楽しみ、時に我が儘《まま》を言って周囲を振り回し、困らせた。

「分かったのは、歳とともに体を悪くしてからでした」

子供には恵まれたが、子供達は皇位には恵まれなかった。そのことを悔しく思った時代もあったが、どの子もそれぞれの場所で健やかに幸せになってくれたと分かった時にその悔しさは晴れた。母の体質を引き継いでしまったのか、体は実年齢よりも早く衰え、見目は歳相応よりも老け込んだ。そんな自分を見て、離れていった貴族達もたくさんいた。

ただ、皇帝陛下と正后《せいごう》牡丹殿だけが、そんな玉姫を見ても態度を変えなかった。

「わたくしなんて、目障りな敵だったでしょうに。……牡丹殿様は、昔からわたくしに、大変心を砕いてくださいました。こんな体になった今でも、わたくしを好敵手と呼んでくださるのです。そして、陛下も。もう若さも美しさもなくなったというのに、陛下は変わらずお渡り下さり、何くれとなくお話をしていってくださる」

変わらず届く四季折々の行事への誘い。季節に合わせた反物や食べ物。御殿医の中でも腕の良《い》い医師を菊花殿付きとし、薬も惜しみなく使って良いと許してくれた。

もう自分に返せるものなど、何もないのに。

……その情を注いでもらえるだけで、もう何もいらないと、玉姫は思ったのだ。

「陛下の血を継ぐ子を産み、育て、紫多羅の家にももう十分恩恵を授けたつもりです。わたくし自身、身に余る贅沢《ぜいたく》をさせていただきました。……身に余る情を、注いでいただきました。わたくしはもう、舞台を降りるべきです。何よりもわたくしの体が、そう言っているのですから」

静かに言い切った玉姫は、視線を部屋の中に滑らせた。貴妃の居室と呼ぶには、妙にがらんとした部屋に。

「お医者様に、もういつ死んでもおかしくないと言われ始めて、ようやく身の回りの整理を始めました。幸い、ひと月ほど持ってくれたおかげで、大分片付きました」

里に帰る者にも、他の舎殿へ移る者にも、持参財になりそうな物を持たせて見送った。己の裁量で処分できる物は処分し、その財を今も残っている傍仕《そばづか》え達で分けてもらった。今ここに残っているのは玉姫の裁量では処分できない物品と、行き場のない傍仕え、玉姫が輿入《こしい》れした時から仕えてきた古参の使用人しかいないという。残った人間は玉姫が死んだら紫多羅の家に戻るか、最悪下穢宮に堕《お》ちるしかないという話だった。

「できる限り、己の身の回りを片付けたつもりです。……ですが、ここに来て、憂いが残りました」

妄念と化した父がその憂いだろうということは、ここまでの話で分かっている。もう一つの憂いであった呈舜への詫びは、さっき聞いたばかりだったから。

「菊花殿様。実は私は宮廷書庫室書庫長という官位の他に、御意見番という肩書きを持っております」

だから、呈舜はそっと玉姫の憂いに己の言葉を添わせた。死を前に美しく凛《りん》とある彼女の背中を、そっと優しく支えるように。

「御意見番というのは、派閥や官位、所属部署に関係なく、ちょっとした悩みや問題事を受け付け、解決に導くという役目です」

その言葉に、玉姫は静かな瞳を改めて呈舜に据えた。

強くて、だがその奥にほんの少しだけ死への恐怖を隠した瞳をひたと見据えて、呈舜はいつものように頼りない笑みを見せる。

「玉姫様のその憂い、私に預けてみませんか？　なに、私も伊達《だて》に長生きはしておりません。……必ず、玉姫様の憂いを解《ほぐ》して御覧に入れますよ」

その言葉にしばらく呈舜を見つめた玉姫は、ふっと瞳を和ませると優雅な挙措で立ち上がった。自らの足で呈舜との距離を詰めた玉姫は、数歩の間合いを残して足を止める。

「御意見番の螢架書庫長」

スッと上げられた腕は少し震えていて、落とされる膝《ひざ》の動きはぎこちない。

それでも、菊花殿の名を背負った女性は、優雅だった。

「どうか、わたくしの憂いに、御意見を賜りたく存じます」

「はい。必ず、貴女様の心を、穏やかにして差し上げますよ」

その優雅さが、呈舜には切なかった。

「……はい」

菊花の香りと、濃厚な死のにおい。

自分がかつて纏《まと》っていたにおいに、呈舜は切なさを隠せず瞳《ひとみ》を細めた。

＊・＊・＊

「……菊花殿は、黒幕ではあったが、黒くはなかったか」

低く凛と響く声が聞こえたのは、呈舜が菊花殿を辞してすぐのことだった。どうやって後宮の中に入ったのかも、どうやって玉姫との会話を聞いていたのかも分からないが、呈舜の優秀な部下は全てを把握しているようだった。

「解決を安請け合いしていたようだが、大丈夫なのか？」

「ああいうのは簡単だよ。反発できない所から釘《くぎ》を刺してもらえばいい。そのためには、ちょっと玲鈴様の力を借りなきゃいけないかもだけど……」

「私にできることなら、請け負います」

菊花殿の階《きざはし》近くの陰に身を潜めていた甜珪は、通用口とは逆方向に足を進める呈舜に特に何も言わずについてくる。その後ろにいる玲鈴も一緒だ。二人はすでに呈舜が目指す場所に目星がついているのだろう。

「菊花殿と紫多羅家の問題は解決できる目途が立った。あっちは僕がここにいる間は……紫多羅の私兵に僕が見つからない間は、多少の猶予がある。その間に、もう一つの黒幕の方を叩《たた》きたい」

後宮は皇帝の寝所である龍臥殿《りゅうがでん》を内朝の紫雲殿と接する場所に置き、そのすぐ奥に正后の住まいである牡丹殿、さらにその左右に菊花殿と梅花殿を配置する形になっている。奥へと続く広大な敷地の中には数多《あまた》の舎殿が置かれており、基本的に龍臥殿に近い舎殿の妃《きさき》の方が格上とされる。

呈舜は各舎殿の間に配された森や庭にうまく姿を隠しながら牡丹殿を迂回《うかい》し、梅花殿に近付いた。舎殿の名前の通りに菊が配されていた菊花殿は今が盛りの庭になっていたが、初春が見頃になる梅花殿は木々も冬支度をしていてどこか寒々しい。

「さぁて。問題は、ここからどうやって中に入り込むか、だよねぇ……」

あと一歩で梅花殿の庭に踏み込む、という所まで迫った呈舜は茂みに姿を隠したまま独りごちた。菊花殿は玉姫からの案内人がいたし使用人の数も減らされていたからすんなり入ることができたが、梅花殿ではそういうわけにもいかないだろう。

「ね、未榻君。何かいい感じの退魔術ってないの？」

「退魔術は便利道具じゃない。それに、本来退魔術は妖怪《ようかい》を討伐するための術だ」

「いやそれ、退魔術を日々便利に使っている君が言うことなの？」

そんなことを囁《ささや》き合いながらも、じっくり梅花殿を観察する。秋の夕暮れはせっかちだ。

まだ周りは明るいが、陰り始めたら一気に日は落ちる。何とか夕暮れまでに決着をつけて
後宮を出たいというのが呈舜の本音だ。

「……えぇい、しょうがないな。もうここまで来ちゃったらちゃっちゃか特攻するしか」

「しっ」

思わず低く呻《うめ》いた呈舜を甜珪が制する。その鋭さに反射的に口を閉じた呈舜は隣に潜んだ甜珪に視線を送った。当の甜珪は鋭い瞳で梅花殿を見据えている。

「……どうしたの？」

「……今、中から悲鳴のような」

そう甜珪が呟《つぶや》いた瞬間、今度は呈舜の耳でもはっきり聞こえる大きさで誰かの悲鳴が聞こえた。次いで何かが割れる音が続き、女性が何かを叫んでいるような声が続く。

「あっ！　未榻君！」

甜珪と玲鈴の反応は早かった。一気に茂みを飛び出した二人は一目散に梅花殿へ突っ込んでいく。そんな二人に三歩ほど遅れて茂みを飛び出した呈舜だったが、衣を枝に引っ掛けるわ自分の足に蹴躓《けつまず》くわで気付いた時には二人に完全に置いていかれていた。

「って！　二人とも足はっや！」

さすが現職の退魔師と言うべきか、二人の行動は滑らかだった。

最短距離で舎殿まで駆け抜けた二人は、階を駆け上がった先で一度壁に背中を預けて中を確かめる。視線だけで呼吸を計った二人はそのまま吸い込まれるように中へ消えてしまった。あっという間の突入劇に舌を巻いた呈舜が息を切らしながら階を上り切った時には、何やら中から人が暴れる音まで聞こえ始めている。

――ちょっとちょっと！　僕、こんな乱闘騒ぎの中に突っ込むの？

ゼェハァと荒い息をつきながらも内心では元気に不満と不安が跳ね回っている。だがここで不満を言っても誰も聞いてくれないし、呈舜が行って解決しなければならないという事実も変わらない。いや、呈舜が突入しなくても二人が無理やり終わらせてくれるかもしれないが、呈舜は自分の手でこの事件を終わらせようと心に決めていた。

――ええい！　仕方がないっ！

呈舜は腹をくくると中に飛び込んだ。乱闘の音が続いているから、どこへ向かえばいいのかと悩む暇も与えてもらえない。音が聞こえる方へ進んだ呈舜は、美麗な梅の彫刻が施された扉を押し開くと中に飛び込んだ。

「ちょっと皆さん、手を止めて僕の話を聞いてもらえるっ⁉」

乱入するには気が抜けた台詞《せりふ》だったかもしれない。

だが部屋の中にいた人間達の耳目を集めることはできた。

「宮廷の御意見番、螢架呈舜！　ちょっと御意見口上させてもらうよっ！」

＊・＊・＊

中は、悪趣味なくらいゴチャッとした部屋だった。菊花殿がガランとしていたから、余計にそう思えるのかもしれない。

「何ですの？　御意見番？　そんな者に妾《わらわ》の前に出る許可を与えた覚えはなくってよっ！」

その中でも一際煌《きら》びやかで悪趣味な装束に身を包んだ女が叫ぶ。その足元には頭から血を流す医官装束の男が倒れていた。顔は呈舜の位置からでは見えないが、その姿は間違いなく明稀のものだ。

「明稀先生！」

「明稀っ！　元はと言えばお前が持ってきた話だったではないのっ！　さっさとこいつらを片付けて、丹《タン》とやらを作って持って来なさいよっ！」

明稀の周りには割れて飛び散った陶器の破片が散らばっていた。壺《つぼ》か何かで殴られて怪我をしたのだろう。そんな明稀を、感情的になった梅花殿はさらに何度も踏みつける。

「グズっ！　役立たずっ！　わたくしの従姉弟《いとこ》だからってせっかく紫雲殿の医局に取り立ててやったのにっ！　螢架呈舜を閉じ込めておくことさえできないなんて使い物にもならないんだからっ！」

「未榻君！」

甜珪と玲鈴は部屋の中に散った兵と相対していた。呈舜の鋭い呼び声に甜珪は舌打ちで反応する。さらにそれに玲鈴が反応を見せ、敵の間をすり抜けた玲鈴が追打棒《ついだ》をしならせ、梅花殿に鋭い突きを入れた。

「……うっわ」

梅花殿は倒れ込みながらもすぐに起き上がったから、恐らく勢いの割に手加減はされていたのだろう。だが戦う技量もなければ防具も身に着けていない貴妃《きひ》相手に容赦なく突きを入れるとは、中々にすごいなと呈舜は顔を引きつらせる。

だが呈舜はそんな感情をすぐに払い落とすと、ズイッと前に出た。

「これは何事ですかな、螢架書庫長」

梅花殿に攻撃が入ったことで部屋の乱闘が止まった。

そんな中、部屋の奥にいた人物が前へ出てくる。白い医官装束の上に医局大夫を示す黒い袿《うちぎ》を重ね、腰に翡翠《ひすい》の佩玉《はいぎょく》を下げた老齢な男は、呈舜を睥睨《へいげい》すると低く声を上げた。

「それはこっちの台詞だよ、楚早大興殿。貴妃の舎殿で部下虐《いじ》めなんて、穏やかじゃないんじゃない？」

「貴殿には関係なかろう」

「いーや、あるね」

呈舜は背筋を正すと真っ直ぐに大興と相対した。長く宮廷を生き延びてきた大興の視線はその実力を物語る圧があったが、そんなものは呈舜にとってはただの視線と大差ない。この老翁の視線よりも日々甜珪に向けられる視線の方がはるかに怖いし、実際に宮廷で生きてきた年月ならば呈舜の方が倍近く長い。

「勝手に僕を巻き込んでおいて、関係ないとは言わせないよ」

「……ふん。ここにいる明稀がどこからか仙丹の知識を持ち込んできて、勝手に画策したこと。儂《わし》は何も関与しておらん」

「何ですのっ、おじい様までっ！　仙丹は薬の顔をした毒だから、それを利用して菊花殿を気遣う振りをして殺してしまおうと最初に明稀の案に乗ったのはおじい様ではありませんのっ！　それなのにおじい様もいつまでもウダウダと動かないで、あげくグズな明稀に全てを任せるなんてっ！」

多分、明稀に仙丹という発想を与えてしまったのは呈舜だろう。

明稀は梅花殿と縁戚《えんせき》にある者で、事が起きる前から梅花殿と懇意にしていた。そこにたまたま呈舜が調べ物を頼んでしまった。菊花殿の容体が思わしくないことも、梅花殿がこれを機に勢力を伸ばそうとしていたことも、明稀は知っていた。知っていたからこそ、これはまたとない機会だと考えたはずだ。

仙丹は、梅花殿の言う通り、薬の顔をした毒だ。いかにも病床の菊花殿を気遣う振りをして贈るにふさわしい毒だと言える。それが新しく見つかった、今はどこでも使われていない薬ともなれば、毒と疑われる可能性はぐっと下がる。医局大夫と医官が絡んでいれば治療の末だったと言い張ることだってできるだろう。

だが梅花殿達の誤算は、考えていた以上に仙丹に関する書物が少なく、大輿と明稀だけでは仙丹らしき物さえ作り出せなかったことだった。手詰まりを感じた明稀は仙丹に関して調べていた呈舜ならばその知識があると考え、呈舜から知識を引き出すことを思い付く。医局の蔵書室に賊が入ったことを自作自演し、呈舜を呼び出して閉じ込めた。その後どうやって呈舜から知識を引き出そうとしたのかは分からないが、呈舜は明稀が大輿を呼び寄せるよりも早く自力であの場から脱出してしまった。一行の最大の誤算は、自分達さえ知らなかった非常口を呈舜が知っていたということだろう。

「早く仙丹を持って来なさいよっ！　妾は梅花殿でしてよっ？　どうして妾の命令なのにこんなにグズグズしているのよっ！」

「菊花殿様の容態はもはや医師にも打つ手はなく、ただ死の瞬間を待つのみ。あなた達がわざわざ苦労して仙丹を作ろうが作るまいが、亡くなることに変わりはありません」

「それでもいつ死ぬかは分からないわっ！」

相応に重ねた歳《とし》に似つかわしくない若作りな化粧とけばけばしい装束に身を包んだ梅花殿は己の顔に爪を立てた。紅に染めた爪先《つまさき》が張りを失った皮膚に喰《く》い込む。

「妾の美貌《びぼう》は一刻を待たずに衰えていく。陛下の訪れはもうないかもしれない。……早くあの女を殺して陛下を取り戻さなくては、全てが終わってしまうのよっ！」

装束はまだ真新しく、耳環《じかん》に首飾り、腕輪に指輪、結い上げた髪にはいくつも飾りが挿さっていて、それだけでも体は重たそうだった。それだけの重みを纏《まと》っていながら、足りない、足りないと梅花殿は叫ぶ。

「陛下は妾の子に皇位をくださらなかったっ！　だったらせめてその財を全てくださって

もいいではないのっ！　妾は由緒ある多迦辺の姫っ！　相応の待遇があってしかるべきだわっ！」

──名家多迦辺の名も、彼女の執着を煽《あお》っただけか。

妄執の塊と化した梅花殿の叫びに呈舜はついっと瞳《ひとみ》を細めた。

ここまで狂ってしまっては、もはや呈舜の御意見は彼女に通じないだろう。彼女はもはや、誰の言葉にも耳を傾けようとはしまい。

「あなたも彼女と同じ意見なの？　楚早大夫」

「菊花殿が消え、牡丹殿も亡くなれば、皇位は我が孫のもの」

静かな声が紡いだのは、もはや実現は叶《かな》わないであろう、荒唐無稽《むけい》な夢物語だった。

「さすれば儂《わし》は皇帝の祖父。三省六部を儂が掌握し、全てを手に入れることができる」

「呆《あき》れた。たとえ牡丹殿様が亡くなっても東宮様の地位は盤石だし、仮にあなたの孫が玉座に座ることになっても、権力を握るのはあなたの孫であってあなたじゃない。あなたの傀儡《かいらい》になるような歳じゃないでしょ、あなたの孫。あなた自身もいい歳なのに、一体いくつまで宮廷にのさばるつもりなの」

「夢が叶わぬならば、叶うまで邪魔な者は全員消してしまえばいい。そのための仙丹だ」

「随分狂っているね。呆《ぼ》けてるならさっさと後進に席を譲って隠居したら？」

「何だと？　この痴《し》れ者め……っ！」

熱を帯びた大輿の声がついに爆発する。サッと大輿が腕を上げると部屋の中に散った私兵が武器を構えた。

「全員殺して庭に埋めろっ！」

「僕は死なない身の上だし、僕の部下とその相方はそうそう簡単にくたばるほど弱くないよっ！」

呈舜の言葉に甜珪が符を構え、玲鈴が追打棒を構える。その気配を察したかのように新たな兵が部屋の向こうの廊下に姿を現した。

「うっそ、後宮にこんなに私兵を入れちゃ駄目でしょ、しかも全員男だし……っ！」

「かかれっ！」

大輿の檄《げき》に兵が部屋の中に雪崩《なだ》れ込む。

だがその流れは、次いで響いた声にピタリと止まった。

「双方、そこまでっ！」

インッと余韻を残して響いた鋭い声は、全員の動きを止めた。喚《わめ》き散らしていた梅花殿さえその声には息を止め、やがてカタカタと細かく体を震わせる。

その中に、コツ、コツ、とゆったりした足音が響いた。

「余の後宮で随分と勝手をしてくれたようだな、稜美《りょうび》、大興」

静かな声音とともに姿を現したのは、禁色である黄色の袍《ほう》に身を包んだ壮年の男だった。

その後ろには青い衣冠装束に身を包んだ男が従い、さらにその後ろには兵が控えている気配がある。

「どれ。その祭り、余も交ぜてもらおうか」

「陛下……っ!?」

大興がかすれた声で男を呼ぶ。その瞬間、大興の私兵達は腰が抜けたようにその場に跪《ひざまず》いた。甜珪と玲鈴もサッと膝《ひざ》をつくと揖礼《ゆうれい》の形を取る。

「な、なぜ、陛下がこちらに……!」

「なに。藍宵《らんしょう》が、余に面白い書画を見せてくれたのでな」

その言葉に皇帝の後ろに控えていた青い衣の男……胡吊祇藍宵中書省内史令が懐から紙を取り出した。うっすら梅の香が焚《た》き付けられた紙には、凝った書体で短い詩が書き付けられている。

『菊も梅も美しいが、どちらも少々姦《かしま》しい。主は手入れをなさらないから南天は苦労をする』、とな。美しい書画だが、内容は辛辣《しんらつ》な上に詩の出来映えは中々に酷《ひど》い」

その紙は、呈舜が宮廷内を歩き回っている間に自分の書画の宣伝として持ち歩いていた作品の内の一枚だった。こうなることを見越して中書省宛ての資料の中に入れておいたのだが、どうやら中書省の人間は勤勉な上に報連相がよくできるらしい。こんな書き置きでどこまで伝わるかは賭《か》けだったが、呈舜の書画は内史令である玲鈴の父、胡吊祇藍宵の元まで届き、玲鈴を通して揉《も》め事の気配に気付いていた藍宵が全てを察して皇帝を引き出してくれた。

「余は菊花殿の静寂を気に入っていてな。姦しいならば梅花殿だと思ってきたのだが」

「お、お言葉ですが、陛下……！」

冷ややかな言葉と視線で大輿は全てが終わったのだと察したのだろう。だが妄執で目が曇った梅花殿はまだ声を張る。

「妾《わらわ》は多迦辺の姫で……っ！」

「それがどうした」

だがいくら狂っていようとも、その声の冷たさは容赦なく梅花殿を斬る。

「話は聞こえていた。誰であろうが、人殺しの計画を立てるような者を、余は己の後宮に置こうとは思わぬ」

「ぁ……」

「累の及ぶ親戚が少なかったこと、幸運に思うんだな」

梅花殿はようやくその言葉に自分の立場を思い知ったようだった。ヘタリと座り込んだ梅花殿はどこか遠い所に視線を飛ばしている。

「書画を書いたのは、お前か？」

そんな一行に興が失《う》せたと言わんばかりに身を翻した皇帝が最後に目を留めたのは、優雅に膝をつく呈舜だった。皇帝から直々に言葉を賜った呈舜は深く頭を下げる。

「わたくしでございます」

「見事な書であったが、詩は随分な出来映えだった」

「急に必要になったので、熟考する暇《いとま》もなく。お目汚しを失礼致しました」

「いや」

軽く呈舜に答えた皇帝は、しばらくそのまま言葉を切った。そのことに疑問を覚えた呈舜がわずかに頭を上げると、ポツリと言葉が降ってくる。

「貴殿が『南天』ということは、執務室にあった『四季感嘆詩』も貴殿が書いた物であろうか」

「はい。題に才のなさが出ております通り、中も至らぬ作品でございます」

「なるほど。この詩の才のなさ、既視感があったが、そこであったか」

バッサリと斬られた言葉に、思わず呈舜は恥ずかしさで震えた。

呈舜は書に多少なりとも才を持っていたが、残念なことに詩歌《しいか》に関してはどれほど学んでも絶望的に才がなかった。だから普段書画を書く時には古い有名所の詩歌を引くか、依頼主が作った詩歌を使っていたのだが、余命宣告をされたあの時期は感傷的になっていたのと、どうせ死ぬなら恥もかき捨てとばかりに自作の詩を使って書画を書いていた。

――だって思わないじゃないっ！　不老不死になって後生まで自分の作品の行方を追っちゃえるとかさっ！　よりにもよって一番の黒歴史が皇帝執務室にいつまでも飾られちゃうとかさぁっ！

「……こ、後進も育ちましたし、宮廷には他にも良い作品が数多《あまた》ございましょう。そろそろ、別の作品に替えては……」

「今、あの作品は宮廷にはない」

羞恥《しゅうち》に耐えながら呈舜は口を開いたが、返ってきたのは意外な言葉だった。

「あの書画は、父上が退位なされた時に持っていかれた。今は、絽杏洞《ろきょうとう》の父上の部屋に飾られていよう」

思わず呈舜はその言葉に顔を撥《は》ね上げた。

そんな呈舜に皇帝はわずかに笑いかける。

「父は白旺供殿の作品の中で、あれを一番気に入っておられた。退位なされる折、数多の宝物を全て余に譲られて御隠居なされたが、あの書だけはどうしても譲れぬと言っておられたよ。白旺供の傑作が宮廷から失われることは痛手であったが、師の作品であるからと父に言われてしまっては否とは言えなんだ」

そう言って微笑《ほほえ》む皇帝には、呈舜のかつての教え子の面影が、確かにあった。

「随分と長くあの壁には何も飾られておらん。今度、余が良い詩を思いついた時には、それを書画に仕立ててはくれぬか、螢架書庫長」

彼は確かに呈舜の教え子の息子で、呈舜を取り立ててくれた恩人の孫だった。

己の身には降っても降っても消えていってしまう時の流れが、確かにそこにあった。

「……有り難きお言葉でございます」

時の流れに消えてしまったと思っていた縁《えにし》を噛《か》みしめて、呈舜は静かに頭を下げた。

「作品が南天に化けてしまわない範囲で、最高の作品をお届け致します」

その言葉に、皇帝は静かに笑ったようだった。

バサリと袍が翻る音が響き、落ち着いた足音が遠ざかっていく。そっと顔を上げると皇帝の後ろに付き従った青い袍の男がヒラリと手を振ったのが分かった。その男に甜珪と玲鈴が軽く頭を下げて応《こた》える。

「……さて。彼の方が紫多羅管理官の方にも釘《くぎ》を刺してくれるだろうし、これで僕達は一件落着だね」

　残された皇帝の兵が手早く梅花殿一行を捕らえ始めたのを見届け、呈舜達は梅花殿を出た。梅花殿の周辺は騒然としていたが、頭上に広がる空はそんなことにはお構いなしで夕空を広げようとしている。

「いや、まだ解決してない一件があるぞ」

　その空に向けて伸びをしていた呈舜は、後ろから響いた声に振り返った。

「菊花殿があんたに執着してた私兵、梅花殿が医局だった。結局事件の発端になった玄月と刑部が残ってる」

「あー、……そうだったね」

「あの一件がなけりゃ、あんたがこんなクソ面倒臭いことに巻き込まれることもなかった。根本的な原因をきちんと潰《つぶ》しといてもらわないと、今後俺が困る」

　仕事をさせる上で、ということだろう。

　そう思うとあまり解決に気は乗らないのだが、今回のような揉め事に巻き込まれるのは確かにごめんだ。

「うーん……」

「玄月と刑部から分からないなら、あんたに相談事を寄越《よこ》した人間の正体から考えてみたらどうだ？　あんたが気を引かれた何とかっていう書体、書ける人間は限られてんだろ？」

「楼湖《ろうこ》文字、ね。限られているとは言っても、書家なら書ける人もそこそこ……」

そこまで口に出してから、ふと呈舜は口をつぐんだ。

脳裏に浮かぶのは、さっき見た笑み。よく似た顔で笑っていた彼は呈舜から見ても書が達者で教え甲斐《がい》もあったから、呈舜は調子に乗って書画にしか使わないような書体まで教えた。さすがにその書体を使いこなす所まではいかなかったが、教え子は本当に覚えが良くて……

「……そっか。あれは、僕の気を引くためじゃなくて、署名のつもりだったのか」

「？　どうした？」

足を止めて呟《つぶや》いた呈舜を、追い越した甜珪がいぶかしんで振り返る。

そんな甜珪に、呈舜は静かに微笑んだ。

「未榻君。僕、明日《あした》、ちょっとお休みもらってもいいかな？」

呈舜の笑みに、何かを口にしようとしていた甜珪は口を閉ざす。

淡い橙色《だいだいいろ》が染み込み始めた空を背に、呈舜はゆったりと口を開いた。

「御意見奏上に行ってくるよ。事の発端になった人の所へ」

# 《陸》　皆過ぎ行きて　一枝南天有り

書記官の装束は墨跳ねが目立たないように漆黒とされているのだが、筆頭書記官だけは純白の装束に銀糸の入った白い帯、下に合わせる袴《はかま》は紫がかった黒、佩玉《はいぎょく》は翡翠《ひすい》とされている。これは『純白の装束に墨跳ねを作らないくらい書が達者である』という自負がある者だけが筆頭書記官を務めることができるという意味があるのだと、初めて装束を下賜された時に呈舜《ていしゅん》は先代の筆頭に話を聞いた。

久々に纏《まと》った純白の装束は何だか堅苦しくて、久々に頭に乗せた冠は妙に重たかった。どちらも昔の自分の物なのに妙によそよそしくて、やっぱり今の自分は『白旺供《はくおうきょう》』ではなく『螢架呈舜《けいか》』なのだと思い知らされる。

「……失礼致します」

こちらから連絡を取る方法は分からなかったから、いきなり現地に押しかけた。慣れない馬に乗っての道行きでこんな大変な思いをするのはもうたくさんだと思ったから、仮に来訪を断られてもごり押しして中に入れてもらおうと考えていたのだが、なぜか門には見知った悪人面の人物がいて、すんなりと呈舜を中に入れてくれた。下穢宮《げわいきゅう》で威張り散らしていた人間と同一人物だと思えないくらい丁寧な対応を気持ち悪く思いながら、呈舜は彼の案内に従って紹杏洞《ろきょうとう》と呼ばれる宮殿に入った。

「御無沙汰《ごぶさた》致しております」

人気の少ない宮殿の中。柔らかく日差しが差し込む室。

呈舜が黒歴史と断言する書画を一人眺めていた人物は、振り返ると筆頭書記官の装束に身を固めた呈舜に笑みかけた。

老いたな、というのが第一印象。幼い頃と変わらない笑みだなというのが、第二印象だった。

白旺供として身に付けた優雅さで、呈舜は静かにその人物に向かって頭を下げた。

「明玄帝《みょうげんてい》様。……いえ、龍瑛《りゅうえい》様、とお呼び致しましょうか」

「……本当に、貴方《あなた》は変わらないな」

掠《かす》れた声で笑った先帝は……呈舜のかつての教え子は、窓際に用意された茶卓へ呈舜を招いた。

「玄月《げんげつ》という名の青年は、貴方様の隠密《おんみつ》だったのですね」

龍瑛自らが淹《い》れた茶を前に、呈舜は気になっていたことを口にした。

「さしずめ、下穢宮に探りを入れるために宮廷に放ってあった、という所でしょう。刑部《けいぶ》尚書《しょうしょ》の甥《おい》というのも、軍部堕《お》ちだというのも、本当の身分を隠すための嘘《うそ》ですね？」

呈舜を差し向かいの席に着かせた龍瑛は、楽しそうな顔で呈舜の言葉を聴いていた。その表情から自分の推測が正しかったことを確かめた呈舜は続く言葉も口に出す。

「刑部尚書の妻は先の皇女殿下……つまり、貴方様の血を引く娘。身内を頼れば経歴詐称くらい、簡単にできたでしょう」

「手荒なことをしたあの子は、私がよく叱っておいた。あの子は、ちょっとばかり好奇心が強くてね。先生が不老不死だと知っていたものだから、どの程度大丈夫なのか、試してみたかったらしい」

「その程度の考えであんなえげつないことをされては、こちらの身が持たないのですが」

見た目は老いたものの中身は全く変わっていない龍瑛に呈舜は溜《た》め息をついた。

そして、ようやく本題を切り出す。

「なぜ、こんなことに私を巻き込んだのです？　この結び文を書いたのは貴方で、これを置きに来たのは玄月青年だったのでしょう？」

呈舜は懐から結び文を取り出した。全ての事の発端になった、南天に結ばれていたあの文だ。

「よく気付いたな、先生。珍しい書体ならば普段の字の癖も出ないと思ってこの書体を選んだのだが」

「この書体を書ける人間そのものが少ないんですよ。それに」

呈舜は一度言葉を切ると、掛けられた己の作品に視線を向けた。時を纏わない呈舜が手掛けた作品は、作者に似ずに相応に年を経ている。そこに並んだ文字は、結び文と同じ楼湖文字だった。

「……貴方が、この書画を持っていったと、当代様に聞いたものですから」

「書体のお陰で、詩の酷《ひど》さが分かり辛《づら》くなっている。純粋に書の良さだけが伝わる作品だ」

「当代様にあの詩の内容をわざと教えましたね？　貴方が教えなければ、当代様が詩の内容までご存じのはずがない」

「昔、教えてくれとせがまれたことがあってな。美しい作品だから、きっと詩の内容も素晴らしい物だと思ったんだろう」

「ほんっと、貴方のそういう所は変わらない」

その言葉に、呈舜はフッリと口を閉じた。……だが、体は老いた」

龍瑛は静かに茶をすすり、コトリと茶器を卓に戻す。

「薬妃《やくひ》様が持っていた薬学書の紙片を探すために、あの子を刑部に送り込んだ。貴方の所へ結び文を出したのは……。そうだな、ちょっとしたお節介だった」

「お節介？」

「私の隠密は、あの子だけではない。私は権力から退いたが、宮廷の内情は逐一耳に入るようにしている」

そのこと自体に驚きはなかった。呈舜が知っている龍瑛は、そういう人物だ。老いたから、退いたからと言って、自ら耳目を閉じるような人間ではない。それは、己の余生を心安らかに過ごすためにも必要なことであったはずだ。

「息子の後宮が騒がしいということは、しばらく前から知っておってな。薬学書という紙片を使えば、騒動の目の一つである医局を突《つ》くことができるとは考えたが、まさか隠密に直《じか》に突かせるわけにもいくまい。……だから、貴方を巻き込むことにした」

「私が、医局を頼らず己で解読しようとする可能性や、医局を頼ったにしても明稀《めいき》や大輿《たいこう》が興味を示さないという可能性は、なかったのですか？」

「多少はあったかもしれん。だが、先生の性格は分かっているつもりだし、明稀や大輿の性格も、多少は分かっていたつもりだったからな」

つまり、貴方を巻き込んだのは、息子にちょっとしたお節介を焼いてやっただけで、私の目的の本筋ではなかったんだと、龍瑛は静かに笑った。

「それで、私の目的の本筋だが」

龍瑛は衣の合わせ目に手を入れると、中から古びた書物を取り出した。随分古い物なのだろう。表紙は擦れ、所々に破れ目が見える。

「七百年近く前、播華《ばんか》で書かれた薬学書を写した巻物を、さらに草紙の形に直した物だと聞いた。薬妃様が生国から持っていらっしゃった物だそうだ」

「残っていたのですね」

「薬妃様の持ち物は、薬妃様が下穢宮に堕とされた折、ほとんどが処分された。この一冊は、そうなる前に薬妃様が私に譲ってくださった物だ」

「薬妃様と懇意でしたか」

「薬妃様は、後宮の御殿医という側面もあったからな。体が弱かった私は、よく薬妃様のお世話になったものだ」

龍瑛は慈しむように書を撫《な》でた。その指先も、深い皺《しわ》が刻まれていて、呈舜が知らない人の指になっている。

「薬妃様が下穢宮に堕ちるきっかけを作ってしまったのは、私だ」

その指先の主が、ポツリと呟いた。

「薬妃様は、私の治療をしてくださっただけだった。薬の処方は、きっとあっていたのだろう。ただ、私が症状を重く伝えすぎたのか、薬が強くて私の容態は悪化してしまった」

異国からやってきた薬師の妃《きさき》。当時の東宮であった龍瑛と懇意にしていたという彼女を疎ましく思っていた人間は、龍瑛が思っていた以上に多かったのだろう。後ろ盾のない妃を追い落とすのに絶好の口実を見つけた周囲が事実に尾ひれと背びれと悪意を乗せ、あっという間に薬妃の下穢宮堕ちは決まった。

「薬妃様が後宮を出られる前、何とかお会いすることが叶《かな》った。……私が原因だったというのに、薬妃様は私の回復を心から喜んでくださった。そんな薬妃様を何とか下穢宮から出して差し上げようと心に決めた私は、この書物の一枚をちぎって、薬妃様にお渡しした」

必ず、解放してみせる。一度籠《かご》に囚《とら》われてしまった貴女《あなた》を、もう一度空へ解き放ってみせる。

薬妃がその言葉に何か言葉を返すことはなかった。ただ微笑《ほほえ》んで、『どうかお体に気を付けて』と言っただけだった。

「だが私の力は及ばず、薬妃様は下穢宮の中で亡くなられた。私は己が、情けなくて仕方がなかった」

「……なぜ、今になって、その紙片を取り戻そうと？」

静かな光の中に、二人の言葉だけが吸い込まれていく。

その言葉の行方を追うように視線をさまよわせた龍瑛は、ほんの少しだけ口元の笑みを深くした。

「薬妃様をお救いすることは叶わなかった。……ならばせめて、この書物を正しい形に戻して、薬妃様の墓前に供えたい」

その笑みを浮かべたまま、龍瑛は呈舜の瞳《ひとみ》を見つめる。

「己でちぎったくせに、そんな身勝手なことを、己の命の終わりが見えた今になって、思ったのだ」

逆に呈舜は、言葉を受けて瞳を閉じた。

老いた姿。掠《かす》れる声。

分かっていた、つもりだった。紹杏洞は、玉座を退いた皇帝が、心安らかに死を迎えるために用意された宮殿。龍瑛が玉座を退き、もう短くはない年月が過ぎた。紹杏洞に入ってからも、もう随分と長い。

人は、生まれ落ちたら、必ず死ぬ。

呈舜が、その流れから外れてしまっただけで。

「そんな考えだったから、内容が薬学書だとは分かっていたが、まさか丹《タン》の作り方だったとは知らなかった」

呈舜は再びその言葉に瞳を開いた。

あの頃と変わらない悪戯《いたずら》じみた笑みを浮かべ、呈舜よりはるかに老いた見た目になった龍瑛は、そんな呈舜に問いを投げる。

「先生、仙丹では不老不死になれない。これは、真《まこと》のことなのか」

「不老不死を、望みますか」

「できることなら」

菊花《きっか》殿があっさり否定した不老不死を、逆に龍瑛はあっさりと肯定した。

「不老不死になれば、先生を独りにしなくて済む」

変わることなく静かな声で、龍瑛はその理由を明かした。その言葉を、呈舜も変わらない表情のまま受け止める。

「私は、妃全員に先立たれた。不幸にも、私の血を引く子供も、何人か先に楽土へ渡った。体が弱かったはずである私が最後まで生き残ったとは、何とも皮肉なことだ」

人気のない、静かな宮。かつての絶対権力者が余生を送るには、あまりにも静かで、何もない場所。

その空間を満たす穏やかな光の中に、龍瑛は静かに、誰にも口にしてこなかった言葉を置いた。

『私』を知っている人間が、一人、二人といなくなる。その立場に立たされてようやく、その寂しさに気付いた」

その言葉を、呈舜は一つ一つ、受け止める。『龍瑛』を知る人間の、最後の一人として。

「一人くらい、先生と同じ時を生きる存在があってもいいんじゃないかと、この歳《とし》になって思ったんだよ」

作品としての白旺供は、きっとずっと先まで残るだろう。不思議な書記官であった白旺供の逸話も、もしかしたら残っていくかもしれない。

だが『白旺供』という人物を知っていた人間は、もうこの世界にいなくなる。

白旺供《はぐく》を育んでくれた家族も、白旺供を宮廷に招いてくれた皇帝も、白旺供と机を並べた同朋《どうぼう》も、白旺供が書を教えた妃達も、白旺供に書画を書かせた貴族も。もう、誰も、この世にいない。目の前にいる龍瑛が、本当に最後の一人。

全員を見送って、それでも白旺供は……螢架呈舜は、ずっと生きていく。これから先も、ずっと、ずっと。

それが、不老不死という存在。

「……薬妃様は、その紙片を『仙人の宝物が納められた場所を示す地図』と言って、下穢宮まで一緒に墜《お》ちてくれた宮女に託して亡くなられたそうです」

呈舜はその定めをとうの昔に受け入れた。その定めを寂しいと思ったことも、確かにあった。

だけども、それでもなお。

「宝物とはすなわち、本体を持っていた貴方様《あなたさま》。……紙片がいずれ貴方様を指し示す道しるべになると思っておられたから、薬妃様は紙片のことを『地図』と呼んでおられたのではないでしょうか」

……それでもなお、一度は断たれたと思っていた道が再び繋《つな》がった喜びの方が、ずっと強かった。

きっと自分は、周囲が思っている以上に、そして自分が思っている以上に、書の世界に狂っている。誰が持つ妄執よりも強く深い執着を、書の世界に向けている。

だから、この道を行くのは、自分だけでいい。

心優しい教え子には、ヒトとして、安らかな最期を迎えてほしい。

だから呈舜は、目の前に座す教え子の憂いを解《ほぐ》す御意見を、口にした。

「救えなかったと、貴方様は仰《おっしゃ》った。しかし、私はそうとは思えません。幽閉された中でも、きっと貴方様が差し出した紙片のおかげで、薬妃様は希望を持って生きることができた。心を闇に囚われることなく、最期を迎えることができた」

迷い、執着する心を断つ言葉を、口にした。

「貴方様の御心は、確かに薬妃様を救ったのですよ」

その言葉で、龍瑛は呈舜の内心を正しく悟ったのだろう。いつの間にか口元から消えていた笑みが、ふっと戻ってくる。

「蛍架書庫長。願いがある」

龍瑛は手を添えていた書物を両手で持ち上げると、呈舜の方へ差し出した。

「書庫長の手元にある紙片を使って、完全な形に戻してやってはくれまいか」

その書物にしばらく視線を落とし、呈舜は静かに両手を差し伸べた。変わってしまった龍瑛の指先に、あの頃と全く変わらない呈舜の指先が触れる。

「……承りました」

短い言葉しか、出なかった。

これが、最期になると、分かっていたから。

──薄い、な。

呈舜は、見送ってきた人が最期に纏《まと》っていた香りを覚えている。

自分は、死とともに雪と南天の香りがした。菊花殿は、死とともに菊花の香りがあった。

龍瑛の死の香りは薄く、ともに微《かす》かな伽羅《きゃら》の香りがあった。

柔らかな光。全ての時が止まってしまったかのような静けさ。

その中に薄くたなびく死と伽羅の香りだけが、時の流れを示す全てだった。

──冬の初めを過ぎた頃、菊花殿は亡くなった。宮城を挙げての葬儀に、しばらく皆が喪に服した。

それと時を同じくして、密《ひそ》やかに挙げられた葬儀があった。

呈舜は変わらずその日も書庫室にいたが、甜珪《てんけい》の目を盗んで少しだけ、自作の下手な詩を使って、楼湖文字の書画を書いた。

《終》



「甜珪《てんけい》ってさ、螢架《けいか》書庫長のこと、好きだよね」

不意に投げられた言葉に、甜珪は思いっきり顔をしかめた。

後宮に殴り込みに行った、帰路のことである。『今日はもう切りがいいからここで解散！』という呈舜《ていしゅん》の言葉を甜珪が呑《の》み、いつになく早い帰宅になった。玲鈴《れいりん》を胡吊祇邸《うつりぎてい》に送り届けてから自宅に帰ろうとしていた甜珪は、夕暮れの中を玲鈴と並んで胡吊祇邸に向かって歩いている。

「気色悪いことを言うな」

「そういう意味じゃなくってさ」

「じゃあ何だ」

「気に入っているというか、尊敬しているというか、信頼してるって感じ。珍しいよね、甜珪が世話を焼いてあげるほど心を許す『大人』って」

玲鈴の言葉に、甜珪は無言のままフィッと顔をそらした。だが幼馴染《おさななじみ》でもある相方はその程度では誤魔化されてくれない。

「そもそも、そういう相手じゃなかったら、いくら護衛が必要でも私を巻き込むなんて考えにはならなかったでしょう？　朝霞《あさか》先輩とか五剣《いつるぎ》先輩とか、その辺りを呼んでも良かったわけだし」

「……るっせ」

「会えて良かったな、螢架書庫長」

懐かしい級友達の名前を挙げた玲鈴は跳ねるように前に出ると真正面から甜珪の顔を覗《のぞ》き込む。玲鈴の方が目線が低いから、正面から見上げられてしまうと甜珪は表情を隠すことができない。

「甜珪って、書庫室に出仕するようになってから、何となく表情が丸くなったから。あんなに張り詰めていた甜珪を多少なりとも丸くした人に、ずっと私も会ってみたかったの」

花がほころぶように、本当に嬉《うれ》しそうに玲鈴は笑った。

そんな玲鈴の言葉に、甜珪は思わず目を瞬《しばた》かせる。

「……そんなに、緩んでたか？」

「弛《たる》んでいるとかそう意味じゃなくて、いい意味でちょっと緩んだなって」

ほら、糸とかも常にピンと張り詰めていると簡単に切れちゃうでしょう？　と続けた玲鈴は跳ねるような歩調のまま甜珪の前を歩き始める。

「いい上司に出会えたんだろうなって、ずっと思っていたの」

その言葉に、甜珪は自分が初めて書庫室に出仕した日のことを思い出した。

場所は事前に聞いていたし、色々宮中で自分に関する噂《うわさ》が飛んでいるのが煩わしかったから、甜珪は最初から案内役を頼まずに一人で書庫室の大扉をくぐった。

今でも甜珪はその判断は正しかったと思っている。

『ちょっ！　え、うわぁっ！』

何せ、初めて書庫室に顔を出した甜珪を出迎えたのは、雪崩を打つ大量の書物だったのだから。

とっさに甜珪が行使した退魔術のおかげで甜珪本人も書物も被害を受けずに無事だったが、あそこに立っていたのがもしも他人だった場合、初出仕のあの瞬間に死亡していた可能性が高い。後で落ち着いてから事の次第を呈舜に訊《たず》ねたら、虫干しのために積み上げていた資料と大量に返却されてきた資料がいつの間にか壁を形成していて、甜珪が大扉を開いたことによってそれらが雪崩れたということだった。

『いやぁ、ごめんね！　助かったよ。ありがとう！』

書物の雪崩に巻き込まれていた呈舜を発掘したのも甜珪だった。上司とは知らず、『間抜けな悲鳴が聞こえたから、誰か間抜けな人間が巻き込まれているんだろうな』という程度の考えで本の山から引っこ抜いたものだから、きちんと考えてきた挨拶《あいさつ》を口にする間を逃したまま甜珪は今日まで司書業務を続けている。

『それじゃあさっそくで悪いけど、この本を運ぶの手伝ってくれないかな？　もうみんなまとめて虫干ししちゃった方が手間がかからないと思うから』

甜珪に助けられ、その礼を述べながら自力で立ち上がった呈舜は、次にカラッと笑ってそう言った。その言葉に、確か甜珪は面喰《めんく》らって目を瞬かせていたのだと思う。

『……あれ？　今日からここに配属になった、未榻《みとう》甜珪君だよね？　さっき退魔術らしきものも使ってたし』

『そう……です、けど』

無言のまま固まっていた甜珪に呈舜は首を傾げた。だが甜珪が何とかそう答えるとすぐに顔を輝かせた。

『良かった。あ、僕はここの書庫長の螢架呈舜。君の上司になる人間だよ。よろしくね』

未榻甜珪という名前。退魔術を使えるということ。

その二点を知っているならば、甜珪が『あの』未榻甜珪だと知っていたはずだ。

だが呈舜は一切そのことに触れないまま甜珪に仕事を教え始めた。雪崩れた書物に破損がないかを確かめながら虫干しを行い、書棚の分類を教えられ、書庫の中にある書物はどれでも好きに読んでいいという許可をもらい、書物の整理の手際を褒められた所で甜珪の初出仕の日は終わっていた。

ならばもう少し打ち解けてきてから突っ込まれるのかと身構えていたのだが、結局今に至るまで呈舜は甜珪が『あの』未榻甜珪であることについて自分から突っ込んできたことはない。なぜ退魔師としてあれだけ名を馳《は》せていた自分が急な方向転換をして司書なんかになったのかも、甜珪の名声についてやっかむことも、それを取り上げて司書としての新人ぶりをあげつらうことも、呈舜は一切しなかった。思えば先日、不老不死について呈舜の口から聞いたあの時に問いを向けられたのが、自分の事情に関して呈舜が向けてきた唯一の問いだったかもしれない。

だが、だからといって呈舜が『未榻甜珪』の名声を知らないとか、気にしていないとか、そういうわけではないのだろうということも、甜珪は何となく知っている。

恐らく呈舜は、口にしないだけで、結構『あの』未榻甜珪を気にしている。そういう感情は、どうしても雰囲気ににじんでしまうものなのだ。なぜ甜珪が司書なんかをしているのかと、呈舜は出会った当初から甜珪に疑問を抱いてきたはずだ。

それでも呈舜は、甜珪の方から事情を語るまで、直接その問いを甜珪にぶつけてくることはなかった。前評判で加点することも減点することもなく、ただの新人として甜珪を扱い、人となりを知ろうとしてくれた。手際の良さや勤勉さを褒めてくれる時も、物言いの厳しさや扱いに愚痴を言う時も、いつだって呈舜は『司書としての未榻甜珪』に向き合ってくれていた。

——お前、『あの』未榻甜珪なんだろ？

——ちょっと強いからって、調子乗りやがって。

——胡吊祇様や退魔長の覚えがめでたいからって、そんな生意気な目で見てくんじゃねぇよっ！

——なぁんだ、結局、退魔術がちょっと上手《うま》く使えるだけのガキなんじゃねぇかよ。

どこへ行っても、何をしていても、自分に向けられるのは、そんな言葉ばかりだった。

周囲が見ているのは名声が独り歩きした『未榻甜珪』であって、目の前にいる生身の甜珪のことなど誰も見ようとはしてくれなかった。

徒人《ただびと》の家の出で天涯孤独の身である甜珪が、呪術《じゅじゅつ》師としてやっていくためにどれだけ血がにじむ努力を積み上げてきたのかも。

胡吊祇家や師匠達に迷惑が掛からないように、何事も己の力で解決できるように努めてきたことも。

何に対しても初見で対処できるような天才ではないと分かっているからこそ、何事にも努力を惜しまずに精進してきたことも。

誰も、生身で足掻《あが》く甜珪を見ようとはしてくれなかった。甜珪自身も、特別見てほしいわけではなかった。数少ない『仲間』と呼べる人達はみんなそんな甜珪のことを分かってくれていたから、それでもう十分だと思っていた。

ただ時折、有名になりすぎて独り歩きを始めた『未榻甜珪』という名前を、煩わしく思うことがあっただけで。

だから、呈舜のように自分をただの『新人』として扱ってくれる大人に出会うのは、本当に久しぶりだった。きっと呈舜は、甜珪にだけ特別そうであるのではなくて、誰に対しても平等にこうやって接するのだろう。

それは、本当に本当に難しいことで。甜珪もそういう風にありたいとは常々思っているが、自分にできているかと問われれば首を傾げざるを得ない。

だから、甜珪は呈舜を尊敬している。信頼も、している。

ただ、それを誰かに知られるのは、すごく癪《しゃく》だとも思っている。

「……いい上司に出会えたから、じゃねぇよ、別に」

だから甜珪は今日も、書庫室勤務を希望した、一番の理由を口にする。

『不老不死の解呪方法を探す』という理由がなかったら、きっと一番重い理由になったであろう理由を。

「俺が宮廷書庫室勤務を志望したのは『本が好きだから』だ。あいつがいるから希望したんじゃねぇ。履き違えられんのはいい迷惑だ」

「甜珪が本好きってのは、もちろん知ってるよ。学生の間に祓魔寮《ふつまりょう》の図書室も退魔省の蔵書室もほとんど読破しちゃったくらいだし」

それでも玲鈴が納得してくれていないことは、玲鈴の顔に浮いたままの笑みで分かった。

「でも、本好きな甜珪が本に囲まれる職場にいるからっていう理由だけでここまで丸くなったとも、私は思えないんだけどなぁ？」

「何を勘ぐられようともそうなんだから仕方がねぇだろ」

「ふふっ、今回はそういうことにしといてあげる」

そんな玲鈴の笑みが、ふと、夜の書庫室の中で見た呈舜の笑みに重なって見えた。

『不老不死の解呪に繋《つな》がらないのにここに居続ける他の理由って、何なの？』

『あんたがここに嬉々《きき》として入り浸ってる理由と、似たり寄ったりだな』

『……あぁ、やっぱり？』

あの時、説明しなくても『書庫室に居続ける一番の理由』を察した呈舜が浮かべた笑みは、どことなく今玲鈴が浮かべている笑みに雰囲気が似ている。全部お見通し、とても言うべきか、何か愛《いと》おしいものでも見るかのような、そんな笑み。

──何だか、面白くない。

甜珪は思わず眉間《みけん》に皺《しわ》を寄せた。ついでに連鎖的にうっかり『あんたのことを尊敬している』とぶっちゃけてしまったことも思い出し、眉間の皺がさらに深くなる。

……確かに、尊敬しては、いる。あの言葉に嘘《うそ》はない。ただその尊敬の念は普段は心の奥底に封印してあるというか、己だけが噛《か》みしめていればいいというべきか。決して口に出して言うべきものではないと思うのだ。あのクズな駄目駄目上司に対しては。

そもそも、『本好きだから書庫室勤務を志望した』という理由を見透かされていたこと自体が何だか面白くないし、心の奥底に封印している尊敬の念を知られてしまったというのも何だか面白くない。癪だ。……断じて恥じらっているのではない。恥じらっている訳ではなく、癪なのだ。

だからそんな感情を諸々《もろもろ》詰め込んで、甜珪は不機嫌な表情のまま口を開く。

「大体あいつ、やる気になればそこそこ仕事できるくせに、普段からそれを発揮しようとしない駄目上司なんだぞ。それのどこが『いい上司』なんだ。俺が毎日残業してる理由の八割はあいつが真面目に業務にあたっていれば解消されんだぞ。それを……」

唐突に始まった弁舌に玲鈴はわずかに目を瞠《みは》る。歩を緩めて甜珪の隣に並んだ玲鈴は、しばらく甜珪の顔を見上げて甜珪の言葉に聞き入っていたが、やがて本当に嬉《うれ》しそうな顔で笑った。

「やっぱり、大好きなんだ？　螢架書庫長のこと」

「お前の耳は節穴か？」

「これだけ文句を言ってても、螢架書庫長を叩《たた》き出して自分が書庫長になろうとはしないんだもん。照れ隠しってやつでしょ？」

「だから気色悪い言い方をするなっつってんだろ」

これ以上深くならないと思っていた眉間の皺が、さらに深くなったのが分かった。それでも玲鈴の笑みは崩れない。

幼馴染《おさななじみ》に内心をことごとく読まれていることに舌打ちを放ちながら、甜珪は夕暮れの空の下を胡吊祇邸《てい》に向かって進んだのだった。

＊・＊・＊

――螢架呈舜は困っていた。

絶体絶命の危機である。

「オラ、クソ上司。片しとけって言った仕事がなぁんでこんなに残ってやがんだ？　あぁん？」

いつも通り閑古鳥が鳴いている宮廷書庫室。卓に着いた呈舜はいつも以上にいい姿勢のままダラダラと冷や汗を流している。

卓の上には、山積みにされた書類。さらにその向こうには、絶対零度の視線を放つ仁王様。ちなみに彼は昨日、副業のために本業をお休みしていた。彼がいないのをいいことに久々に仕事をほっぽり出して趣味に走っていたら、これである。

「あんた、あの一件で仕事溜《た》めた後、頼まれた書物の修繕のためだとか、貴族連中から引き受けた書画のためだとか、医局の蔵書目録を作るためだとか、急に用事ができたとかでどれだけ仕事サボってきたのか自覚あんのか？　どれだけ仕事溜めたら気が済むんだクソ上司っ！」

「ひぃっ！」

「そもそも俺があの一件に玲鈴を巻き込んでまで協力したのは、即急に揉《も》め事を解決してさっさと仕事させるためだったんだぞ！　それなのにあんたは本業に関係のない仕事ばっかり増やしやがって！」

「き、貴族の皆様からの書画の依頼が増えたのは、未榻君が立てた作戦のせいじゃ……」

「あ?」

「な……ナンデモアリマセン……」

やっぱりそこらの破落戸《ごろつき》より甜珪の方がよっぽど怖い。

素直に卓に額がつくまで頭を下げた呈舜にようやく溜飲《りゅういん》を下げたのか、甜珪は呈舜の前にさらに収蔵予定資料を積み上げると己の仕事を片付けるべく書棚の向こうへ消えていった。そんな甜珪にやれやれと息をつきながら、呈舜は仕方なく筆を執って仕事を始める。

今の後宮は、菊花殿も梅花殿も無人であるらしい。近くふさわしい妃が格上げとなるか、その新たな妃が迎え入れられるだろう。医局大夫と宝物管理官の地位も空いたらしいが、その地位にはすでにふさわしい人材が迎え入れられており、新たな体制の下、日々が回っている。どちらももう、呈舜にとっては与《あずか》り知らぬ話だ。『へぇ~』と一瞬思うだけで、右から左へ抜けていく。

「……――」

ただ、一瞬だけ、風にめくられる草紙の幻影が脳裏をよぎって、呈舜は動かしていた筆を止めた。だがその手も、紙の上に染みを作るよりも早く動き始める。

今の呈舜の手元には、事件の発端になった紙片も、最後の幕引きを担った草紙も残されていない。あるべき姿を取り戻した草紙は、最後の持ち主の願い通りに本来の主《あるじ》の元へ返った。恐らくそう時を待たず、誰にも知られず朽ちて消えていくことになるだろう。

──……これもまた、想いを乗せて運ぶ草舟が行き着く、一つの形なのかもしれないね。

一瞬手を止めてしまったせいでよれた文字に微苦笑を向け、呈舜はそっと己の記憶に蓋《ふた》をした。

風にめくられる草紙が供えられた朽ちかけた墓も。忘れられることを望むかのように慎《つつ》ましやかに建てられた真新しい墓も。宮廷書庫室書庫長の螢架呈舜は、知っているはずがない光景なのだから。

呈舜の手元に残されたのは、楼湖文字でしたためられた雅《みやび》やかな結び文だけ。それだけでいいと、呈舜は思う。

──楼湖文字と言えば、結局続報はないんだよね。

呈舜はハタと思い至り、今度は手を止めないまま思いを馳《は》せる。

皇帝執務室には、依然として新しい書画は掛けられていないらしい。皇帝は良《い》い詩が浮かばないのか、はたまたあれは社交辞令だったのか、呈舜に詩を寄越《よこ》してくることはなかった。

──ああ言っといて案外、陛下も詩を作るのが下手だったりして。

別にあれが社交辞令で、あの壁に自分以外の作品が掛けられてもいいと呈舜は思っている。宮城には優れた作品が本当にゴロゴロたくさんあるし、日々新しい才能もメキメキ育っている。いつまでも『白旺供《はくおうきょう》』が絶対だったら、面白くもなんともないではないか。

──むしろ僕に代わる新しい誰かの作品が掛かったら、ぜひとも見させてもらいたいなぁ～。誰に頼んだら忍び込めるかなぁ……

そんなことを思いながら、ペラリと一番上に載っていた書類を手に取る。

その瞬間、ヒラリと呈舜の手元に薄紅色の料紙が落ちてきた。

「……ん？」

嫌な予感がする。

しかしその紙は、思いっきり呈舜の目の前に落ちてしまった。その紙を退けなければ仕事をすることができない。退けるためには、一度その紙を手に取らなければならないわけで……

「……………………」

呈舜は嫌な予感をビシバシ感じながらもその紙を手に取った。紙の上に文字が躍っていれば、もはや目は文字から離れられない。書馬鹿の悲しい性《さが》である。

果たしてその紙には雅やかに南天が描かれていて、その絵の上には几帳面《きちょうめん》さを窺《うかが》えるカッチリした男性の筆致で相談事がしたためられていた。

──いやいやいやいや、仕事詰んでるんですけどっ？　御意見番の仕事までしていられる暇なんてどこにもないんですけどっ？

「おい」

『あ、でも重心が取れたいい文字書くなぁ』と文字に感心しながら悶絶《もんぜつ》する呈舜を追い詰めるかのように、仁王様の冷たい声とともに資料の山が増えた。

「追加分だ」

「っっっ⁉」

呈舜は思わず頭を掻《か》きむしりながら魂の叫びを上げる。

「仕事ヤダァ────────ッ‼」

仕事よりも趣味に走っていたい書庫長の悲痛な叫びは、書庫室を突き抜けて宮城中に響き渡ったとか、そうでもなかったとか。

【了】

# あとがき

初めてお目にかかります、硯朱華《すずりはねず》と申します。この瞬間をずっと待っていてくださった方々、大変お待たせいたしました。いつもお世話になっております、硯朱華です。

さて、本作は趣味人サボリ癖ありな駄目上司をクール有能ドSな部下がしばき倒して仕事をさせながら、ついでに上司が拾ってきたトラブルも解決したりする中華ファンタジーです。何か一つでも読者様の心に刺さるものがあれば、これ以上嬉《うれ》しいことはありません。

ではでは、感謝の言葉をここに。

我が無二の親友、ミケへ。ミケがくれた「朱華さんは絶対作家になれます」という言葉がここまで私を支えてくれました。本当にありがとう。これからもよろしくね。

この物語を書くきっかけをくれた、ちょこさんへ。ちょこさんから呈舜《ていしゅん》へのラブコールがなかったらこの物語が生まれることはなく、引いては私のデビューもありませんでした。

趣味に走りたい放題な嫁を自由に放牧してくれている旦那殿、家族のみんな、いつも御贔屓《ひいき》してくれているミケの妹君、創作仲間の皆様、本作を見出《みいだ》してくださった担当様、美麗な表紙を手掛けてくださった風李《かざり》たゆ様、本作に関わってくださった皆様、そして今、本作を手に取ってくださっている読者の皆様に深い感謝を。ありがとうございました！

富士見Ｌ文庫

宮廷書庫長《きゅうていしょこちょう》の御意見帳《ごいけんちょう》

硯《すずり》 朱華《はねず》

2021年９月15日　初版発行

発行者　青柳昌行
発　行　株式会社 KADOKAWA
〒102-8177　東京都千代田区富士見2-13-3
電話　0570-002-301（ナビダイヤル）

印刷所　株式会社暁印刷
製本所　本間製本株式会社
装丁者　西村弘美

定価はカバーに表示してあります。　◇◇◇



●お問い合わせ
https://www.kadokawa.co.jp/（「お問い合わせ」へお進みください）
※内容によっては、お答えできない場合があります。
※サポートは日本国内のみとさせていただきます。
※Japanese text only

ISBN 978-4-04-074198-7 C0193